100分間で楽しむ名作小説

瓶詰の地獄

夢野久作

角川文庫
24406

目次

瓶詰の地獄

拝呈、時下益々御清栄、奉慶賀候、陳者《のぶれば》、予《かね》てより御通達の、潮流研究用と覚《おぼ》しき、赤封蝋《あかふうろう》付き麦酒瓶《ビールびん》、拾得次第届《とどけ》告《つげ》仕《つかまつ》る様、島民一般に申《もうし》渡置候処《わたしおきそうろうところ》、此程《このほど》、本島南岸に、別小包の如き樹脂封蝋付きの麦酒瓶が三個漂着致し居るを発見、届出申候《とどけいでもうしそうろう》。右は何《いず》れも約半里、乃至《ないし》、一里余を隔《へだ》てたる個所に、或は砂に埋もれ、又は岩の隙間《すきま》に固く挟まれ居りたるものにて、よほど以前に漂着致したるものらしく、中味も、御高示の如き、官製端書《はがき》とは相見えず、雑記帳の破片様のものらしく候為《た》め、御下命の如き漂着の時日等の記入は不可能と被為存候《ぞんぜられそうろう》。然《しか》れ共尚何《どもなおなに》かの御参考と存じ、三個とも封瓶のまま、村費にて御送付申上候間、何卒御落手相願度《なにとぞごらくしゅあいねがいたく》、此段《このだん》得貴意候《きいをえそうろう》　敬具

月　日

××島村役場㊞

海洋研究所御中

◇第一の瓶の内容

ああ……この離れ島に、救いの舟がとうとう来ました。大きな二本エントツの舟から、ボートが二艘《そう》、荒浪の上におろされました。舟の上から、それを見送っている人々の中にまじって、私達のお父さまや、お母さまと思われる、なつかしいお姿が見えます。そうして……おお……私達の方に向って、白いハンカチを振って下さるのが、ここからよくわかります。

お父さまや、お母さまたちはきっと、私達が一番はじめに出した、ビール瓶の手紙を御覧になって、助けに来て下すったに違いありませぬ。

大きな船から真白い煙が出て、今助けに行くぞ……と言うように、高い高い笛の音が聞こえて来ました。その音がこの小さな島の中の、禽鳥《とり》や昆虫を一時に飛び立たせて、遠い海中《わだなか》に消えて行きました。

けれども、それは、私達二人に取って、最後の審判の日の笳《らっぱ》よりも怖ろしい響でございました。私達の前で天と地が裂けて、神様のお眼の光りと、地獄の火焔《かえん》が一時に閃《ひら》めき出たように思われました。

ああ、手が慄《ふる》えて、心が倉皇《あわて》て書かれませぬ。涙で眼が見えなくなります。

私達二人は、今から、あの大きな船の真正面に在る高い崖《がけ》の上に登って、お父様や、お母様や救いに来て下さる水夫さん達によく見えるように、シッカリと抱き合ったまま、深い淵《ふち》の中へ身を投げて死にます。そうしたら、いつも、あそこに泳いでいるフカが、間もなく、私達を喰《た》べてしまってくれるでしょう。そうして、あとには、この手紙を詰めたビール瓶が一本浮いているのを、ボートに乗っている人々が見つけて、拾い上げて下さるでしょう。

ああ。お父様。お母様。すみません。すみません、すみません、すみません。私達は、初めから、あなた方の愛子《いとしご》でなかったと思って諦《あき》らめて下さいませ。

また、せっかく遠い故郷から、私達二人を、わざわざ助けに来て下すった皆様の御親切に対しても、こんなことをすると私達二人はホントにホントにすみません。どうぞどうぞお赦《ゆる》し下さい。そうして、お父様と、お母様に懐《いだ》かれて、人間の世界へ帰る喜びの時が来ると同時に、死んで行かねばならぬ不幸な私達の運命をお矜恤《あわれみ》下さいませ。

私達はこうして私達の肉体と霊魂を罰せねば、犯した罪の報償《つぐない》が出来ないのです。この離れ島の中で、私達二人が犯した、それはそれは恐ろしい悖戻《はいれい》の報償なのです。

どうぞ、これより以上に懺悔《ざんげ》することを、おゆるし下さい。私達二人はフカの餌食《えじき》になる価打《ねうち》しかない、狂妄《きょうぼう》だったのですから……。

ああ。さようなら。

神様からも人間からも救われ得ぬ
哀《かな》しき二人より

お父様　お母様　皆々様

◇第二の瓶の内容

ああ。隠微《かくれ》たるに鑒《み》たまう神様よ。

この困難から救われる道は、私が死ぬよりほかに、どうしてもないので御座いましょうか。

私達が、神様の足発《あしだい》と呼んでいる、あの高い崖の上に私がたった一人で登って、いつも二、三匹のフカが遊び泳いでいる、あの底なしの淵の中を、のぞいてみた事は、今までに何度あったかわかりませぬ。そこから今にも身を投げようと思ったことも、いく度であったか知れませぬ。けれどもそのたんびに、あの憐憫《あわれ》なアヤ子の事を思い出しては、霊魂を滅亡《ほろぼ》す深いため息をしいしい、岩の圭角を降りて来るのでした。私が死にましたならば、あとから、きっと、アヤ子も身を投げるであろうことが、わかり切っているからでした。

×

私と、アヤ子の二人が、あのボートの上で付添いの乳母夫婦や、センチヨーサンや、ウンテンシュさん達を波に浚《さら》われたまま、この小さな離れ島に漂《なが》れついてから、もう何年になりましょうか。この島は年中夏のようで、クリスマスもお正月も、よくわかりませぬが、もう十年ぐらい過《た》っているように思います。

その時に、私達が持っていたものは、一本のエンピツと、ナイフと、一冊のノートブックと、一個のムシメガネと、水を入れた三本のビール瓶と、小さな新約聖書が一冊と……それだけでした。

けれども、私達は幸福でした。

この小さな緑色に繁茂《しげ》り栄えた島の中には、稀に居る大きな蟻《あり》のほかに、私達を憂患《わずらわ》す禽《とり》、獣《けもの》、昆虫は一匹も居ませんでした。そうして、その時、十一歳であった私と、七ツになったばかりのアヤ子と二人のために、余るほどの豊饒《ゆたか》な食物が、みちみちて居りました。キュウカンチョウだの、鸚《おう》鵡《む》だの、絵でしか見たことのないゴクラク鳥だの、見たことも聞いたこともない華麗な蝶《ちょう》だのが居りました。おいしいヤシの実だの、パイナプルだの、バナナだの、赤と紫の大きな花だの、香気のいい草だの、または、大きい小さい鳥の卵だのが、一年中、どこかにありました。鳥や魚なぞは、棒切れでたたくと、何ほどでも取れました。

私達は、そんなものを集めて来ると、ムシメガネで、天日を枯れ草に取って、流れ木に燃やしつけて焼いて食べました。

そのうちに島の東に在る岬と磐《いわ》の間から、キレイな泉が潮の引いた時だけ湧いているのを見つけましたから、その近くの砂浜の岩の間に、壊れたボートで小舎《こや》を作って、柔らかい枯れ草を集めて、アヤ子と二人で寝られるようにしました。それから小舎のすぐ横の岩の横腹を、ボートの古釘《ふるくぎ》で四角に掘って、小さな倉庫みたようなものを作りました。しまいには、外衣《うわぎ》も裏衣《したぎ》も、雨や、風や、岩角に破られてしまって、二人ともホントのヤバン人のように裸体になってしまいましたが、それでも朝と晩には、キット二人で、あの神様の足凳の崖に登って、聖書を読んで、お父様やお母様のためにお祈りをしました。

私達は、それから、お父様とお母様にお手紙を書いて大切なビール瓶の中の一本に入れて、シッカリと樹脂で封じて、二人で何遍も何遍も接吻《くちづけ》をしてから海の中に投げ込みました。そのビール瓶は、この島のまわりを環《めぐ》る、潮の流れに連れられて、ズンズンと海中遠く出て行って、二度とこの島に帰って来ませんでした。私達はそれから、誰かが助けに来て下さる目標になるように、神様の足凳の一番高い所へ、長い棒切れを樹《た》てて、いつも何かしら、青い木の葉を吊《つる》して置くようにしました。

私達は時々争論《いさかい》をしました。けれどもすぐに和平《なかなおり》をして、学校ゴッコや何かをするのでした。私はよくアヤ子を生徒にして、聖書の言葉や字の書き方を教えてやりました。そうして二人とも、聖書を、神様とも、お父様とも、お母様とも、先生とも思って、ムシメガネや、ビール瓶よりもズットト大切にして、岩の穴の一番高い棚の上に上げて置きました。私達は、ホントに幸福で、平安でした。この島は天国のようでした。

×

かような離れ島の中の、たった二人切りの幸福の中に、恐ろしい悪魔が忍び込んで来ようと、どうして思われましょう。

けれども、それは、ホントウに忍び込んで来たに違いないのでした。

それは何時からとも、わかりませんが、月日の経つのにつれて、アヤ子の肉体が、奇蹟《きせき》のように美しく麗沢《つややか》に育って行くのが、アリアリと私の眼に見えて来ました。ある時は花の精のようにまぶしく、またある時は悪魔のようになやましく……そうして私はそれを見ていると、何故かわからずに思念が曚昧《くら》く、哀しくなって来るのでした。

「お兄さま……」

とアヤ子が叫びながら、何の罪穢《けが》れもない瞳《ひとみ》を輝かして、私の肩へ飛びついて来るたんびに、私の胸が今までとはまるで違った気持でワクワクするのが、わかって来ました。そうして、その一度その一度ごとに、私の心は沈淪《ちんりん》の患難《なやみ》に付されるかのように、畏《お》懼《そ》れ、慄《ふる》えるのでした。

けれども、そのうちにアヤ子の方も、いつとなく態度がかわって来ました。やはり私と同じように、今までとはまるで違った……もっともっとなつかしい、涙にうるんだ眼で私を見るようになりました。そうして、それにつれて何となく私の身体に触るのが恥かしいような、悲しいような気持ちがするらしく見えて来ました。

二人はちっとも争論をしなくなりました。その代り、何となし憂容《うれいがお》をして、時々ソッと嘆息をするようになりました。それは二人切りでこの離島にいるのが、何ともいいようのないくらい、なやましく、嬉《うれ》しく、淋《さび》しくなって来たからでした。それればかりでなく、お互いに顔を見合っているうちに、眼の前が見る見る死陰のように暗くなって来ます。そうして神様のお啓示か、悪魔の戯弄《からかい》かわからないままに、ドキンと、胸が轟《とどろ》くと一緒にハット吾《われ》に帰るような事が、一日のうちに何度となくあるようになりました。

二人は互いに、こうした二人の心をハッキリと知り合っていながら、神様の責罰を恐れて、口に出し得ずに居るのでした。万一《もし》、そんなことをし出かしたアトで、救いの舟が来たらどうしよう……という心配に打たれているとが、何にもいわないまんまに、二人同士の心によくわかっているのでした。

けれども、ある静かに晴れ渡った午後の事、ウミガメの卵を焼いて食べたあとで、二人が砂原に足を投げ出して、はるかの海の上を辷《すべ》って行く白い雲を見つめているうちにアヤ子はフイと、こんなことをいい出しました。

「ネエ。お兄様。あたし達二人のうち一人が、もし病気になって死んだら、あとは、どうしたらいいでしょうネエ」

そういううちにアヤ子は、面《かお》を真赤にしてうつむきまして、涙をホロホロと焼け砂の上に落しながら、何ともいえない悲しい笑い顔をして見せました。

×

その時に私が、どんな顔をしたか、私は知りませぬ。ただ死ぬほど息苦しくなって、張り裂けるほど胸が轟いて、唖《おし》のように何の返事もし得ないまま立ち上りますと、ソロソロとアヤ子から離れて行きました。そうしてあの神様の足発の上に来て、頭を掻《か》き挘《むし》り掻き挘りひれ伏しました。

「ああ。天にまします神様よ。アヤ子は何も知りませぬ。ですから、あんな事を私にいったのです。どうぞ、あの処女を罰しないで下さい。そうして、いつまでもいつまでも清浄にお守り下さいませ。そうして私も……。

ああ。けれども……けれども……ああ。神様よ。私はどうしたら、いいのでしょう。どうしたら患難《なやみ》から救われるのでしょう。私が生きて居りますのは、アヤ子のためにこの上もない罪悪《つみ》です。けれども私が死にましたならば、尚更《なおさら》深い、悲しみと、苦しみをアヤ子に与えることになります。ああ、どうしたらいいでしょう私は……。

おお、神様よ……。

私の髪毛は砂にまみれ、私の腹は岩に押しつけられて居ります。もし私の死にたいお願いが聖意《みこころ》にかないましたならば、ただ今すぐに私の生命を、燃ゆる閃電《いなずま》にお付し下さいませ。ああ、隠微《かくれ》たるに鑒《み》たまう神様よ。どうぞどうぞ聖名を崇《あが》めさせたまえ。み体徴《しるし》を地上にあらわしたまえ……」

けれども神様は、何のお示しもなさいませんでした。藍《あい》色の空には、白く光る雲が、糸のように流れているばかり……崖《がけ》の下には、真青く、真白く渦《うず》巻きどよめく波の間を、遊び戯れているフカの尻尾《しっぽ》やヒレが、時々ヒラヒラと見えているだけです。

その青澄んだ、底無しの深淵《ふち》を、いつまでもいつまでも見つめているうちに、私の目は、いつになくグルグルと、眩暈《くら》めき始めました。思わずヨロヨロとよろめいて、漂い砕ける波の泡の中に落ち込みそうになりましたが、やっとの思いで崖の端に踏み止まりました。……と思う間もなく私は崖の上の一番高い処まで一跳びに引き返しました。その絶頂に立って居りました棒切れと、その尖端《さき》に結びつけてあるヤシの枯れ葉を、一思いに引きたおして、眼の下はるかの淵に投げ込んでしまいました。

「もう大丈夫だ。こうして置けば、救いの船が来ても通り過ぎて行くだろう」

こう考えて、何かしらゲラゲラと嘲《あざけ》り笑いながら、残狼のように崖を駈け降りて、小舎の中へ駈け込みますと、詩篇の処を開いてあった聖書を取り上げて、ウミガメの卵を焼いた火の残りの上に載せ、上から枯れ草を投げかけて焰《ほのお》を吹き立てました。そうして声のある限り、アヤ子の名を呼びながら、砂浜の方へ駈け出して、そこいらを見まわしました……が……。

見るとアヤ子は、はるかに海の中に突き出ている岬の大磐の上に跪《ひざまず》いて、大空を仰ぎながらお祈りをしているようです。

×

私は二足、三足うしろへ、よろめきました。荒浪に取り巻かれた紫色の大磐の上に、夕日を受けて血のように輝いている処女の背中の神々《こうごう》しさ……。

ズンズンと潮が高まって来て、膝《ひざ》の下の海藻を洗い漂わしているのも気づかずに、黄金色の滝浪を浴びながら一心に祈っている、その姿の崇高さ……まぶしさ……。

私は身体を石のように固ばらせながら、暫《しばら》くの間、ボンヤリと眼をみはって居りました。けれども、そのうちにフィッと、そうしているアヤ子の決心がわかりますと、私はハッとして飛び上りました。夢中になって馳け出して、貝殻ばかりの岩の上を、傷だらけになって辷《すべ》りながら、岬の大磐の上に這《は》い上りました。キチガイのように暴れ狂い、哭《な》き喚《さけ》ぶアヤ子を、両腕にシッカリと抱えて身体中血だらけになって、やっとの思いで、小舎の処へ帰って来ました。

けれども私達の小舎は、もうそこにはありませんでした。聖書や枯草と一緒に、白い煙となって、青空のはるか向うに消え失せてしまっているのでした。

×

それから後の私達二人は、肉体も霊魂も、ホントウの幽暗に逐《お》い出されて、夜となく昼となく哀哭《かなし》み、切歯しなければならなくなりました。そうしてお互いに相抱き、慰さめ、励まし、祈り悲しみ合うことはおろか、同じ処に寝る事さえも出来ない気もちになってしまったのでした。

それは、おおかた、私が聖書を焼いた罰なのでしょう。

夜になると星の光りや、浪の音や、虫の声や、風の葉ずれや、木の実の落ちる音が、一ツ一ツに聖書の言葉を囁《ささや》きながら、私達二人を取り巻いて、一歩一歩と近づいて来るように思われるのでした。そうして、身動き一つ出来ず、微睡《まどろ》むことも出来ないままに、離れ離れになって悶《もだ》えている私達二人の心を、窺視《うかがい》に来るかのように物怖ろしいのでした。

こうして長い長い夜が明けますと、今度は同じように長い長い昼が来ます。そうするとこの島の中に照る太陽も、唄《うた》う鸚鵡《おうむ》も、舞う極楽鳥も、玉虫も、蛾も、ヤシも、パイナプルも、花の色も、草の芳香も、海も、雲も、風も、虹《にじ》も、みんなアヤ子の、まぶしい姿や、息苦しい肌の香とゴッチャになって、グルグルグルグルと渦巻き輝やきながら、四方八方から私を包み殺そうとして、襲いかかって来るように思われるのです。その中から、私とおんなじ苦しみに囚《とら》われているアヤ子の、なやましい瞳が、神様のような悲しみと悪魔のようなホホエミを別々に籠《こ》めて、いつまでもいつまでも私を、ジィッと見つめているのです。

×

鉛筆がなくなりかけていますから、もうあまり長く書かれません。

私はこれだけの虐遇《なやみ》と迫害に会いながら、なおも神様の禁責を恐れている私達のまごころをこの瓶に封じこめて、海に投げ込もうと思っているのです。

明日にも悪魔の誘惑に負けるような事がありませぬうちに……。せめて二人の肉体だけでも清浄で居りますうちに……。

ああ神様……私達二人は、こんな呵責《くるしみ》に会いながら、病気一つせずに、日に増し丸々と肥《ふと》って、康強に、美しく育って行くのです。この島の清らかな風と、水と、豊穣《ゆたか》な食物と、美しい、楽しい、花と鳥とに護《まも》られて……。

ああ。何という恐ろしい責め苦でしょう。この美しい、美しい島はもうスッカリ地獄です。

神様。神様。

あなたはなぜ私達二人を、一思いに虐殺して下さらないのですか……。

——太郎記す……

◇第三の瓶の内容

オ父サマ、オ母サマ。ボクタチ兄ダイハ、ナカヨク、タッシャニコノシマニ、クラシテイマス。ハヤク、タスケニ、キテクダサイ。

市川太郎

イチカワアヤコ

ハハハハハ。イヤ……失礼しました。さぞかしビックリなすったでしょう。ハハア。乞食かとお思いになった……アハアハアハ。イヤ大笑いです。あなたは近頃、この浦塩《ウラジオ》の町で評判になっている、風来坊のキチガイ紳士が、私だという事をチットモ御存じなかったのですね。ハハア。ナルホド。それじゃそうお思いになるのも無理はありません。泥棒市に売れ残っている旧式のボロ礼服を着ている男が、貴下《あなた》のような立派な日本の軍人さんを、スェツランスカヤ（浦塩の銀座通り）のまん中で捕まえて、こんなレストランへ引っぱり込んで、ダシヌケに、

「私の運命を決定《きめ》て下さい」

などと、お願いするのですからね。キチガイだと思われても仕方がありません

ませんね。ハハハハハ……しかし私が乞食やキチガイでないことはおわかりでしょう。ネエ。おわかりになるでしょう。酔っ払いではないことも……さよう……。

お笑いになると困りますが、私はこう見えても生え抜きのモスコー育ちで、旧露西亜《ロシア》の貴族の血を享《う》けている人間なのです。そうして現在では、ロマノフ王家の末路に関する「死後の恋」というきわめて不可思議な神秘作用に自分の運命を押えつけられて、夜もオチオチ眠られぬくらい悩まされ続けておりますもので……実はただ今からその話をきいて頂いてあなたの御判断を願おうと思っているのですが……勿論《もちろん》それはきわめて真剣な、かつ歴史的に重大なお話なのですが……。

……ああ……御承知下さる……有難う有難う、ホントウに感謝します。

……ところでウオツカを一杯いかがですか……ではウイスキーは……コニャックも……皆お嫌い……日本の兵士はナゼそんなに、お酒を召し上らないのでしょう……では紅茶、乾菓子《コンフエートム》、野菜……アッ、この店には自慢の腸《ソー》詰《セージ》がありますよ。召し上りますか……ハラショ……。

オイオイ別嬪《べっぴん》さん。ちょっと来てくれ。注文があるんだ。……私は失礼してお酒をいただきます。……イヤ……まったく、こんな贅沢《ぜいたく》な真似が出来るのも、日本軍がいて秩序を保って下さるお陰です。室が小さいのでペーチカがよく利きますね……サ……帽子をお取り下さい。どうか御ゆっくり願います。

実を申しますと私はツイ一週間ばかり前に、あの日本軍の兵站部《へいたんぶ》の門前で、あなたをお見かけした時から、ゼヒトモ一度ゆっくりとお話ししたいと思っておりましたのです。あなたがあの兵站部の門を出て、このスェツランスカヤへ買い物にお出でになるお姿を拝見するたんびに、これはきっと日本でも身分のあるお方が、軍人になっておられるのだな……と直感しましたのです。イヤイヤ決してオベッカを言うのではありませぬ……のみならず、失礼とは思いましたが、その後だんだんと気をつけておりますと、貴下《あなた》の露西亜語が外国人とは思われぬぐらいお上手なことと、露西亜人に対して特別に御親切なことがわかりましたので……しかもそれは、貴下《あなた》が吾々同胞の気風に対して特別に深い、行き届いた理解力を持っておいでなるのに原因していることが、ハッキリと私に首肯《うなず》かれましたので、是非ともこの話を聞いて頂く事に決心してしまったのです。否、あなたよりほかにこのお話を理解して、私の運命を決定して下さるお方はないと思い込んでしまったのです。

さよう……ただきいて下されば、いいのです。そうして私がこれからお話しする恐ろしい「死後の恋」というものが、実際にあり得ることを認めて下されば宜《よろ》しいのです。そうすればそのお礼として、失礼で御座いますが私の全財産を捧《ささ》げさして頂きたいと考えているのです。それはたいていの貴族が眼を眩《ま》わすくらいのお金に値するもので、私の生命にも換えられぬ貴重品なのですが、このお話の真実性を認めて、私の運命を決定して下さるお礼のためには、決して多過ぎると思いません。惜しいとも思いませぬ。それほどに私を支配している「死後の恋」の運命は崇高と、深刻と、奇怪とを極めているのです。

少々前置が長くなりますが、注文が参ります間、御辛抱下さいませんか……ハラショ……。

私がこの話をして聞かせた人はかなりの多数に上っております。同胞の露西亜人には無論のこと、チェックにも、猶太《ユダヤ》人にも、支那人にも、米国人にも……けれども一人として信じてくれるものがいないのです。そればかりか、私が、あまり熱心になって、相手構わずにこの話をして聞かせるために、だんだんと評判が高くなって来ました。しまいには戦争が生んだ一種の精神病患者と認められて、白軍の隊から逐《お》い出されてしまったのです。

そこでいよいよ私は、この浦塩の名物男となってしまいました。この話をしようとすると、みんなゲラゲラ笑って逃げて行くのです。稀《まれ》に聞いてくれる者があっても、人を馬鹿にするなと言って憤り出したり……ニヤニヤ冷笑しながら手を振って立ち去ったり……胸が悪くなったと言って、私の足下に唾《つば》を吐いて行ったり……それが私に取って死ぬほど悲しいのです。淋《さび》しくて情なくて堪《たま》らないのです。

ですから誰でもいい……この広い世界中にタッタ一人でいいから、現在私を支配している世にも不可思議な「死後の恋」の話を肯定して下さるお方があったら……そうして、私の運命を決定して下さるお方があったら、その方に私の全財産である「死後の恋」の遺品《かたみ》をソックリそのままお譲りして、自分はお酒を飲んで飲んで飲み死にしようと決心したのです。そうして、やっとのこと貴方を発見《みつ》けたのです。あなたこそ「死後の恋」に絡まる私の運命を、決定して下さるお方に違いないと信じたのです。

ヤ……お料理が来ました。あなたの御健康と幸福を祝さして下さい。日本の紳士にこのお話をするのは、貴方が最初なのですからね……そうして恐らく最後と思いますから……。

ところで一体、あなたはこの私を何歳ぐらいの人間とお思いになりますか、エ？　わからない？……ハハハハ。これでもまだ二十四なのですよ。名前はワーシカ・コルニコフと申します。さよう、コルニコフというのが本名です……モスコーの大学に入って、心理学を専攻して、やっと一昨年出て来たばかりの小僧ッ子ですがね。四十くらいには見えるでしょう。髪毛や髭《ひげ》に白髪《しらが》が交っていますからね。ハハハハハ。しかし私は、今から三か月前迄《まで》は間違いなく二十代に見えたのです。白髪などは一本もなくて、今とは正反対のムクムク肥《ふと》った黒い顔に、白軍の兵卒の服を着ていたのですから……。

ところが、それがたった一夜の間に、こんな老人になってしまったのです。

詳しく申しますと、今年（大正七年）の、八月二十八日の午後九時から、翌日の午前五時までの間のこと……距離で言えば、ドウスゴイ付近の原ッパの真中に在る一ッの森から、南へ僅《わず》か十二露里（約三里）の処にある日本軍の前哨《ぜんしょう》まで、鉄道線路伝いによろめいて来る間のことです。そのあいだに今申しました不可思議な「死後の恋」の神秘力は、私を魂のドン底まで苦しめてこんな老人にまで衰弱させてしまいました……。……どうです。このような事実を貴方《あなた》は信じて下さいますか。……ハラショ……あり得ると思われる……と仰言《おっしゃ》るのですね。オッチエニエ、ハラショ……有難い有難い。

ところで最前もちょっと申しましたとおり、私はモスコー生まれの貴族の一人息子で、革命の時に両親を喪《うしな》いましてから後、この浦塩へ参りますまでは、故意《わざ》と本名を匿《かく》しておったのですが、あまり威張れませんが、生まれ付き乱暴なことが嫌いで、むろん戦争なぞは身ぶるいが出るほど好かなかったのです。しかし今申しましたペトログラードの革命で、家族や財産を一時に奪われて極端な窮迫に陥ってしまいますと、不思議にも気がかわって参りまして、どうでもなれ……というような自殺気分を取り交ぜた自暴自棄の考えから、一番嫌いな兵隊になったのですが、それから後幸か、不幸か、一度も戦争らしい戦争にぶつからないまま、あちらこちらと隊籍をかえておりますうちに、セミヨノフ将軍の配下について、赤軍のあとを逐いつつ、御承知でも御座いましょうがここから三百露里ばかり距《へだ》たった、烏首里《ウスリ》という村へ移動して参りましたのが、ちょうど今年の八月の初旬の事でした。そうしてそこで、部隊の編成がかわった時に、このお話の主人公になっているリヤトニコフという兵卒が私と同じ分隊に入ることになったのです。

リヤトニコフは私と同じモスコー生まれだと言っておりましたが、起居動作が思い切って無邪気で活発な、一種の燥《はしや》ぎ屋と見えるうちに、どことなく気品を保っているように思われる十七、八歳の少年兵士で、真黒く日に焼けてはいましたけれども、たしかに貴族の血を享《う》けていることが、その清らかな眼鼻立ちを見ただけでもわかるのでした。

彼はこの村に来て、私と同じ分隊に編入されると間もなく、私と非常な仲よしになってしまって兄弟同様に親切にし合うのでした。……と言っても決して忌《いま》わしい関係なぞを結んだのではありませぬ。あんな事は獣性と人間性の気質を錯覚した、一種の痴呆患者のする事です……で……そのリヤトニコフと私とは、何ということなしに心を惹《ひ》かれ合って、隙《ひま》さえあれば宗教や、政治や芸術の話なぞをし合っているのでした。が、二人とも純な王朝文化の愛惜者であることがおいおいとわかって来ましたので、涙が出るほど話がよく合いました。殺風景な軍陣の間に、これほどの話相手を見つけた私の喜びと感激……それは恐らく、リヤトニコフも同様であったろうと思われますが……その楽しみが、どんなに深かったのかは、あなたのお察しに任せます。

けれども、そうした私たちの楽しみは、あまり長く続きませんでした。その後間もなくセミヨノフ軍の方では、この村に白軍が移動して来たことを、ニコリスクの日本軍に知らせるために、私たちの一分隊……下士一名、兵卒十一名に、二人の将校と、一人の下士を添えて斥候《せっこう》に出すことになりましたのです。さよう、……連絡斥候ですね。実は私は、それまで弱虫と見られていて、そんな任務の時には何時でも後廻《あとまわ》しにされていたので、今度も都合よく司令部の勤務に廻されていましたから、しめたと思って内心喜んでいたのですが、思いもかけぬ因縁に引かされて、自分から進んで行くようなことになりましたので……と言うのは、こんな訳です。

その出発にきまった前日の夕方に……それは何日であったか忘れてしまいましたが、私がリヤトニコフや仲間の者に「お別れ」を言いに司令部から帰って来ますと、分隊の連中はどこかへ飲みに行っているらしく、室の中には誰もいません。ただ隅ッこの暗い処にリヤトニコフがたった一人シヨンボリと、革具《かわぐ》の手入れか何かをしていましたが、私を見ると急に立ち上って、何やら意味ありげに眼くばせをしながら外へ引っぱり出しました。その態度がどうも変テコで、顔色さえも尋常でないようです。そうして私を人のいない厩《うまや》の横に連れ込んで、今一度そこいらに人影のないのを見澄ましてから、内ポケットに手を入れて、手紙の束かと思われる扁平《ひらべっ》たい新聞包みを引き出しますと、中から古ぼけた革のサックを取り出して、黄金色の止め金をパチンと開きました。見るとその中から、大小二、三十粒の見事な宝石が、キラキラと輝き出しているではありませんか。

　私は眼が眩《くら》みそうになりました。私の家は貴族の癖として、先祖代々からの宝石好きで、私も先天的に宝石に対する趣味を持っておりましたので、すぐにもう、焼き付くような気もちになって、その宝石を一粒ずつつまみ上げて、青白い夕あかりの中に、ためつすがめつして検《あらた》めたのですが、それは磨き方こそ旧式でしたけれども、一粒残らず間違いのないダイヤ、ルビー、サファイヤ、トパーズなぞの選《よ》り抜きで、ウラル産の第二流品などは一粒も交っていないばかりでなく、名高い宝石蒐集家《しゅうしゅうか》の秘蔵の逸品ばかりを一粒ずつ貰《もら》い集めたかと思われるほどの素晴らしいもの揃いだったのです。こんなものが、まだうら若い一兵卒のポケットに隠れていようなぞと、誰が想像し得ましょう。

　私は頭がシインとなるほどの打撃を受けてしまいました。そうして開《あ》いた口がふさがらないまま、リヤトニコフの顔と、宝石の群れとを見比べておりますと、リヤトニコフは、その、いつになく青白い頬を心持ち赤くしながら、何か言い訳でもするような口調で、こんな説明をしてきかせました。

「これは今まで誰にも見せたことのない、僕の両親の形見なんです。過激派の主義から見ればコンナものは、まるで麦の中の泥粒と同様なものかも知れませんけれども……ペトログラードでは、ダイヤや真珠が溝泥《どぶどろ》の中に棄ててあるということですけれども……僕にとっては生命にも換えられない大切なものです。……僕の両親は革命の起る三か月前……去年の暮のクリスマスの晩に、これを僕にくれたのですが、その時に、こんな事を言って聞かせられたのです。

……この露西亜には近いうちに革命が起って、私たちの運命を葬るようなことになるかも知れぬ。だからこの家の血統を絶やさない、万一の用心のために、誰でも意外に思うであろうお前にこの宝石を譲って、コッソリとこの家から逐い出してしまうのだ。お前はもしかすると、そんな処置を取る私たちの無慈悲さを怨《うら》むかもしれないけれども、よく考えてみると私たちの前途と、お前の行く末とは、どちらが幸福かわからないのだ。お前は活発な生まれ付きで、気性もしっかりしているから、きっと、あらゆる艱難辛苦《かんなんしんく》に堪えて、身分を隠しおおせるだろうと思う。そうして今一度私たちの時代が帰って来るのを待つことが出来るであろうと思う。

……しかし、もしその時代が、なかなか来そうになかったならば、お前はその宝石の一部を結婚の費用にして、家の血統を絶やさぬようにして、時節を見ているがよい。そうして世の中が旧にかえったならば、残っている宝石でお前の身分を証明して、この家を再興するがよい……。

……と言うのです。僕はそれから、すぐに貧乏な大学生の姿に変装をして、モスコーへ来て、小さな家を借りて音楽の先生を始めました。僕は死ぬほど音楽が好きだったのですからね。そうして機会《おり》を見て伯林《ベルリン》か巴里《パリ》へ出て、どこかの寄席《よせ》か劇場の楽手になりおおせる計画だったのですが……しかしその計画はスッカリ失敗に帰してしまったのです。その頃のモスコーはとても音楽どころか、明けても暮れてもピストルと爆弾の即興交響楽で、楽譜なぞを相手にする人は一人もありませぬ。おまけに僕は間もなく勃興《ぼっこう》した赤軍の強制募集に引っかかって無理やりに鉄砲を担がせられることになったのです。

……僕が音楽を思い切ってしまったのはそれからの事でした。何故思い切ったかって言うと、僕の習っていた楽譜はみんなクラシカルな王朝文化式のものばかりで、今の民衆の下等な趣味にはまったく合いません。そればかりでなく、ウッカリ赤軍の中で、そんなものをやっていると身分が曝《ば》れる虞《おそ》れがありますからね。……ですから一所懸命で隙を見つけて、白軍の方へ逃げ込んで来たのですが、それでもどこに赤軍の間諜《かんちょう》がいるかわかりませんからスッカリ要心をして、口笛や鼻唄《はなうた》にも出しませんでしたが、その苦しさと言ったらありませんでした。上手なバラライカや胡弓《こきゅう》の音を聞くたんびに耳を押えてウンウン言っていたのですが……そうして一日も早く両親の処へ帰りたい……上等のグランドピアノを思い切って弾いてみたいと、それぱかり考え続けていたのですが……。

……ところが、ちょうど昨夜のことです。分隊の仲間がいつになくまじめになって、何かヒソヒソと、話をし合っているようですから、何事かと思って、耳を引っ立ててみますと、それは僕の両親や同胞たちが、過激派のために銃殺されたという噂《うわさ》だったのです。……僕はビックリして声を立てるところでした。けれども、ここが肝腎《かんじん》のところだと思いましたから、わざと暗い処に引っ込んで、よくよく様子を聞いてみますと、僕の両親が、何も言わずに、落ちついて殺された事や、僕を一番好いていた弟が、僕の名を呼んで、救けを求めたことまでわかっていて、どうしても、ほんとうとしか思えないのです。……ですから、僕はもう……何の望みもなくなって……あなたにお話ししようと思っても、あいにく勤務に行って……いらっしゃらないし……」

と言ううちに涙を一パイに溜《た》めてサックの蓋《ふた》を閉じながら、うなだれてしまったのです。

私は面喰《めんくら》ったが上にも面喰らわされてしまいました。腕を組んだまま突立って、リヤトニコフの帽子の眉庇《まびさし》を凝視しているうちに、膝頭《ひざがしら》がブルブルとふるえ出すくらい、驚き惑《まど》っておりました。……私はリヤトニコフが貴族の出であることを前からチャンと察しているにはいましたが、まさかに、それほどの身分であろうとは夢にも想像していないのでした。

実を言うと私は、その前日の勤務中に司令部で、同じような噂をチラリと聞いておりました。……ニコラス廃帝が、その皇后や、皇太子や、内親王たちと一緒に、過激派軍の手で銃殺された……ロマノフ王家の血統はとうとう、こうして凄惨《せいさん》な終結を告げた……という報道があったことをいち早く耳にしていたのですが、その時は、よもやソンナ事があろうはずはないと確信していました。いくら過激派でも、あの何も知らない、無力な、温順なツアールとその家族に対して、そんな非常識な事を仕懸けるはずはあり得ない……と心の中で冷笑していたのです。また、白軍の司令部でも私と同意見だったと見えて、「今一度真偽をたしかめてから発表する。決して動揺してはならぬ」という通牒《つうちょう》を各部隊に出すように手筈《てはず》をしていたのですが……。

とは言え……かりにそれが虚報であったとしても、今のリヤトニコフの身の上話と、その噂とを結びつけて考えると、私は実に、重大この上もない事実に直面していることがわかるのです。そんな重大な因縁を持った、素晴らしい宝石の所有者である青年と、こうして向い合って立っている――と言うことは、真に身の毛も悚立《よだ》つ危険千万な運命と、自分自身の運命とを結びつけようとしている事になるのです。

……ただし、……ここに唯一つ疑わしい事実がありました。……と言うのは他でもありませぬ。ニコラス廃帝が、内親王は何人も持っておられたにもかかわらず、皇子としては今年やっと十五歳になられた皇太子アレキセイ殿下以外に一人も持っておられなかったことです。……ですからもし今日ただ今、私の眼の前に立っている青年が、真に廃帝の皇子で、過激派の銃口を免れたロマノフ王家の最後の一人であるとすれば、オルガ、タチアナ、マリア、アナスタシヤと四人の内親王殿下の中で、一番お若いアナスタシヤ殿下の兄君か弟君か……いずれにしても、そこいらに最も近い年頃に相当する訳なのですが……そうして、これがもしずっと以前の露西亜か、または外国の皇室ならば、すぐに、そんな秘密の皇子様が、人知れず民間に残っておられることを首肯されるのですが、……しかし最近の吾《わ》がロマノフ王家の宮廷内では、かような秘密の存在が絶対に許されない事情があったのです。……すなわち、もしニコラス廃帝に、こんな皇子があったとすればたとえ、どんなに困難な事情がありましょうとも、当然皇子として披露さるべきはずであることがその当時の国情から考えても、わかり切っているのでした。その国情というのはあらかた御存じでもありましょうし、この話に必要でもありませんから略しますが、要するにその当時のスラブ民族は、上も下も一斉に、皇儲《こうちょ》の御誕生を渇望しておりましたので、甚しきに到っては、ビクトリア女王の皇女である皇后陛下の周囲に、ドイドイツの賄賂《わいろ》を受けている者がいる。……皇子がお生まれになるつどに圧殺している者がいる……というような馬鹿げた流言まで行われていたことを、私は祖父から聞いて記憶していたのです。

……ですから……こうした理由から推して、考えてみますと、現在私の眼の前に宝石のケースを持ったまうなだれて、白いハンカチを顔に当てている青年は、必ずや廃帝に最も親しい、何何太公の中の、或《あ》る一人の血を引いた人物に違いない……それは、「かような身分を証明するほどの宝石」の存在によっても容易に証明されるので、ことによるとこの青年は、その父の太公一家が、廃帝と同じ運命の途連《みちづ》れにされたことを推測しているか……もしくは、その太公の家族の虐殺が、廃帝の弑逆《しいぎゃく》と誤り伝えられている事を、直覚しているのかも知れない……。しかし万一そうとすれば、そうした容易ならぬ身分の人から、かような秘密を打ち明けられると言う事は、スラブの貴族としてこの上もない光栄であり、かつ面目にもなることであるが、同時に、他の一面から考えるとそれはまた、予測することの出来ない恐ろしい、危険千万な運命に、自分の運命が接近しかけていることになる……。

……と……こう考えて来ました私は、吾れ知らずホーッと大きな溜息《ためいき》をつきました。そうして腕を組み直しながら、今一度よく考え直してみましたが、そのうちに私はまた、とても訝《おか》しい……噴飯《ふきだ》したいくらい変テコな事実に気がついたのです。

……というのは、この眼の前の青年……本名は何と言うのか、まだわかりませんが……リヤトニコフと名乗る青年が、この際ナゼこんなものを私に見せて、これほどの重大な秘密を打ち明ける気になったかと言う理由がサッパリわからない事です。もしかしたらこの青年は、私が貴族の出身であることをアラカタ察していて……かつは親友として信頼し切っている余りに、胸に余った秘密の歎きと、苦しみとを訴えて、慰めてもらいに来たのではあるまいかとも考えてみました。……がそれにしては余りに大胆で、軽率で、それほどまでの運命を背負って立っている、頭のいい青年の所業《しわざ》とはどうしても思われませぬ。

それならばこの青年は一種の誇大妄想狂みたような変態的性格の所有者ではないか知らん。……たった今見せられた夥《おびただ》しい宝石も、私の眼を欺くに足るほどの、巧妙をきわめた贋造物《にせもの》ではなかったか知らん。……なぞとも考えてみましたが、いくら考え直しても、今の宝石はそんな贋造物ではない、正真正銘の逸品揃いに違いないと言う確信が、いよいよますます高まって来るばかりです。

……しかしまた、そうかと言ってこの青年に、

「何故その宝石を僕に見せたんですか」

なぞと質問するのは、私に接近しかけている危険な運命の方へ、一歩を踏み出すことになりそうな予感がします。

……で……こうしていろいろと考えまわした揚げ句、結局するところ……いずれにしてもこの場合は何気なくアシラッて、どこまでも戦友同士の一兵卒になり切っていた方が、双方のために安全であろう。これから後も、そうした態度でつき合っていながら、様子を見ているのが最も賢明な

方針に違いないであろうと……こう思い当りますと、根が臆病者《おくびょうもの》の私はすぐに腹をきめてしまいました。前後を一渡り見まわしてから、如何《いか》にも貴族らしく、鷹揚《おうよう》にうなずきながら二つ三つの咳払《せきばら》いをしました。

「そんなものはむやみに他人に見せるものではないよ。僕だからいいけれども、ほかの人間には絶対に気づかれないようにしていないと、元も子もない眼に会わされるかも知れないよ。しかし君の一身上に就いては、将来共に及ばずながら力になって上げるから、あまり力を落さない方がいいだろう。そんな身分のある人々の虐殺や処刑に関する風説はたいてい二、三度ずつ伝わっているのだからね。たとえばアレキサンドロウイチ、ミハイル、ジオルグ、ウラジミルなぞ言う名前はネ」

と言い言い相手の顔色を窺《うかが》っておりましたが、リヤトニコフの表情には何等の変調もあらわれませんでした。却《かえ》ってこんな名前をきくと安心したように、長い溜息をしいしい顔を上げて涙を拭《ふ》きますと、何かしら嬉《うれ》しそうにうなずきながら、その宝石のサックを、またも内ポケットの底深く押し込みました。

……が……しかし……、私は決して、作り飾りを申しません。あなたに蔑《さげす》まれるかも知れませんけど……こんなお話に嘘を交ぜると、何もかもわからなくなりますから正直に告白しますが……。

手早く申しますと私は、事情の奈何《いかん》にかかわらず、その宝石が欲しくてたまらなくなったのです。私の血管の中に、先祖代々から流れ伝わっている宝石愛好欲が、リヤトニコフの宝石を見た瞬間から、見る見る松明《たいまつ》のように燃え上って来るのを、私はどうしても打ち消すことが出来なくなったのです。そうして「もしかすると今度の斥候旅行で、リヤトニコフが戦死しはしまいか」というような、たよりない予感から、是非とも一緒に出かけようという気持ちになってしまったのです。うっかりすると自分の生命が危いことも忘れてしまって……。

しかも、その宝石が、間もなく私を身の毛も竦立《よだ》つ地獄に連れて行こうとは……そうしてリヤトニコフの死後の恋を物語ろうとは、誰が思い及びましょう。

私共のいた烏首里《ウスリ》からニコリスクまでは、鉄道で行けば半日ぐらいしかかからないのでしたが、途中の駅や村を赤軍が占領しているので、ズット東の方に迂回《うかい》して行かなければなりませんでした。それは私共の一隊にとっては実に刻一刻と生命を切り縮められるほどの苦心と労力を要する旅行でしたけれども、幸いに一度も赤軍に発見されないで、出発してから十四日目の正午頃に、やっとドウスゴイの寺院の尖塔《せんとう》が見える処まで来ました。

そこは赤軍が占領しているクライフスキーから南へ約八露里（二里）ばかり隔った処で、涯《はて》しもない湿地の上に波打つ茫々《ぼうぼう》たる大草原の左手には、烏首里鉄道の幹線が一直線に白く光りながら横たわっております。その手前の一露里ばかりと思われる向うには、コンモリとしたまん丸い闊葉樹《かつようじゅ》の森林が、ちょうどクライフスキーの町の離れ島のようになって、草原のまん中に浮き出しておりました。この辺の森林と言う森林は大抵鉄道用に伐《き》ってしまってあるのに、この森林だけが取り残されているのは不思議と言えば不思議でしたが……その森のまん丸く重なり合った枝々の茂みが、草原の向う の青い青い空の下で、真夏の日光をキラキラと反射しているのが、何の事はない名画でも見るように美しく見えました。

ここまで来るともうニコリスクが鼻の先と言ってよかったので、私共の一隊はスッカリ気が弛《ゆる》んでしまいました。将校を初め兵士達も皆、腰の処まである草の中から首を擡《もた》げて、やっと腰を伸ばしながら、提げていた銃を肩に担ぎました。そうして大きな雑草の株を飛び渡り飛び渡りしつつ、不規則な散開隊形をとって森の方へ行くのでしたが、間もなく私たちのうしろの方から、涼しい風がスースーと吹きはじめまして、何だか遠足でもしているような、悠々とした気もちになってしまいました。先頭の将校のすぐうしろについているリヤトニコフが帽子を横ッチョに冠《かぶ》りながら、ニコニコと私をふり返って行く赤い頬や、白い歯が、今でも私の眼の底にチラついております。

その時です。多分一露里半ばかり距《へだ》たっている鉄道線路の向う側だったろうと思いますが、不意にケタタマシイ機関銃の音が起った。私たちの一隊の前後の青草の葉を虚空に吹き散らしました。そうしてアッと驚く間もなく、その中の一発が私の左の股《もも》を突切っていったのです。

私は一尺ばかり飛び上ったと思うと、横たおしに草の中へたおれ込みました。けれども、それと同時に「傷は股だ。生命に別状はない」と気がつきましたので、草の中に尻餅《しりもち》を突いたまま、ワナワナとふるえる手で剣を抜いてズボンを切り開くと、表皮と肉を刳《えぐ》り取られた傷口へシッカリと繃《ほう》帯《たい》をしました。そのうちにも引き続いて発射される機関銃の弾丸は、ピピピピと小鳥の群れのように頭の上を掠《かす》めて行きますので、私はひと縮みになって身を伏せながら、仲間の者がどうしているかと、草の間から見まわしました。こんな処で一人ポッチになるのは死ぬより恐ろしい事なのですからね。

しかし私の仲間の者は、一人も私が負傷した事に気づかないらしく、皆銃を提げて、草の中をこけつまろびつしながら向うのまん丸い森の方へ逃げて行くのでした。今から考えるとよほど狼狽《ろうばい》していたらしいのですが、そのうちに、どうしたわけか機関銃の音が、パッタリと止んでしまいましたけれども、私の戦友たちは、なおも逃げるのを止めません。やがて、その影がだんだんと小さくなって、森に近づいたと思うと、先頭に二人の将校、そのあとから十一名の下士卒が皆無事に森の中へ逃げ込みました。その最後に、かなり逃げ遅れたリヤトニコフが、私の方をふり返りふり返り森の根方を這《は》い上って行くのがよく見えましたが、ウッカリ合図をして撃たれでもしては大変と思いましたので、なおも身を屈《かが》めて、足の痛みを我慢しながら、一心に森の方を見守って、形勢がどうなって行くかと心配しておりました。

するとまた、リヤトニコフの姿が森の中へ消え入ってから十秒も経たないうちに……どうでしょう。その森の中で突然に息苦しいほど激烈な銃声が起ったのです。それはまったくの乱射撃で、呆《あき》れて見ている私の頭の中をメチャメチャに掻《か》きみだすかのように、銃弾があとからあとから恐ろしい悲鳴をあげつつ八方に飛び出しているようでしたが、それがまた、一分間も経たないうちにピッタリと静まると、あとはまたもとのとおり、青々と晴れ渡った、絵のようにシインとした原ッパにかえってしまいました。

私は何だか夢を見ているような気持ちになりました。一体何事が起ったのだろうと、なおも一心に森の方を見つめておりましたが、いつまで経っても森を出て行く人影らしいものは見えず、銃声に驚いたかして、原ッパを渡る鳥の姿さえ見つかりません。

私はそんな光景を見まわしているうちに、なぜと言うことなしに、その森林が、たまらないほど恐ろしいものに思われて来ました。……今聞こえた銃声が敵のか味方のか……というような常識的な頭の働きよりも、はるかに超越した恐怖心、……私の持って生まれた臆病さから来たらしい戦慄《せんりつ》が、私の全身を這いまわりはじめるのを、どうすることも出来ませんでした。……一面にピカピカと光る青空の下で、緑色にまん丸く輝く森林……

その中で突然に起って、また突然に消え失せた夥《おびただ》しい銃声……そのあとの死んだような静寂……そんな光景を見つめているうちに、私の歯の根がカチカチと鳴りはじめました。草の株を摑《つか》んでいる両方の手首が氷のように感じられて来ました。眼が痛くなるほど凝視している森の周囲の青空に、灰色の更紗《さらさ》模様みたようなものがチラチラとし始めたと思うと、私は気が遠くなって、草の中に倒れてしまいました。もしかするとそれは股の出血がひどかったせいかも知れませんでしたけれども……。

それでも、やや暫《しばら》くしてから正気を回復しますと、私は銃も帽子も打ち棄てたまま、草の中を這いずり始めました。草の根方に引っかかるたんびに眼も眩《くら》むほどズキズキと高潮する股の痛みを、一所懸命に我慢しいしい森の方へ近づいて行きました。

何故その時に、森の方へ近づいて行ったのか、その時の私にはまったくわかりませんでした。生まれつき臆病者の私が、しかも日の暮れかかっているる敵地の野原を、堪え難い痛みに喘《あえ》ぎながら、どうしてそんな気味のわるい森の方へ匍《は》い寄って行く気持ちになったのか……。

……それは、その時すでに私が、眼に見えぬある力で支配されていたというよりほかに説明の仕方がありませんでしょう。常識から言えば、そんな気味のわるい森の方へ行かずに、草の中で日の暮れるのを待って、鉄道線路に出て、闇に紛れてニコリスクの方へ行くのが一番安全な訳ですからね。申すまでもなくリヤトニコフの宝石の事などは、恐ろしい出来事の連続と、烈しい傷の痛みのためにまったく忘れておりましたし、好奇心とか、戦友の生死を見届けるとか言うようなありふれた人情も、毛頭残っていなかったようです。……唯……自分の行く処はあの森の中にしかないと言うような気持ちで……そうして、あそこへ着いたら、すぐに何者かに殺されて、この恐ろしさと、苦しさから救われて、あの一番高い木の梢《こずえ》から、真直ぐに、天国へ昇ることが出来るかもしれぬ……と言うような、一種の甘い哀愁を帯びた超自然的な考えばかりを、たまらない苦痛の切れ目切れ目に往来させせながら……はてしもなく、静かな野原の草イキレにむせかえりながら……何とはなしに流れる涙を、泥だらけの手に押しぬぐい押しぬぐい、一心に左足を引きずっていたようです。……ただし……その途中で二発ばかり、軽い、遠い銃声らしいものが森の方向から聞こえましたから、私は思わず頭を擡《もた》げて、恐る恐る見まわしましたが、やはり四方には見渡す限り何の物影も動かず、それが本当の銃声であったかどうかすら、考えているうちにわからなくなりましたので、私はまたも草の中に頭を突込んで、ソロソロと匍いずり始めたのでした。

森の入口の柔らかい芝草の上に匍い上った時には、もうすっかり日が暮れて、大空が星だらけになっておりました。泥まみれになった袖口《そでぐち》や、ビショビショに濡《ぬ》れた膝頭《ひざがしら》や、お尻のあたりからは、冷気がゾクゾクとしみ渡って来て、鼻汁と涙が止め度なく出て、どうかすると嚔《くしゃみ》が飛び出しそうになるのです。それを我慢しいしい草の上に身を伏せながら、耳と眼をジッと澄まして動静《ようす》をうかがいますと、この森の内部の方までかなり大きな樹が立ち並んでいるらしく、星明りに向うの方が透いて見えるようです。しかも、いくら眼を瞠《みは》り、耳を澄ましても人間の声はおろか、鳥の羽ばたき一ツ、木の葉の摺《す》れ合う音すらきこえぬ静けさなのです。

人間の心というものは不思議なものですね。こうしてこの森の中に敵も味方もいない……まったくの空虚であることが次第にわかって来ると、何がなしにホッとすると同時に、私の平生の気弱さが一時に復活して来ました。こんな気味のわるい妖怪《おばけ》でも出て来そうな森の中へ、たった一人で、どうして来たのかしらんと……気がつくと、思わずゾッとして首をちぢめました。軍人らしくもない性格でありながら軍人になって、こんな原ッパのまん中にはるばるとやって来て、たった一人で傷つきたおれている自分の運命までもが、今更にシミジミとふり返られて恐ろしく堪《たま》らなくなりましたので、すぐにも森を出ようとしましたが、また思い返してジッと森の中の暗を凝視しました。

私がリヤトニコフの宝石の事を思い出したのは、実にその時でした。リヤトニコフは……否《いや》、私たちの一隊は、もしかするとこの森の中で殺されているかも知れぬ……と気がついたのもそれとほとんど同時でした。……早くから私たちの旅行を発見していた赤軍は、一人も撃ち洩《も》らさない計略を立てて、あの森に先廻《さきまわ》りをしていた。そうして私たちをあの森に追い込むべく、不意に横合いから機関銃の射撃をしたものと考えれば、今までの不思議がスッカリ解決される。しかも、もしそうすれば私たちの一隊は、この森の中で待ち伏せしていた赤軍のために全滅させられているはずで、リヤトニコフも無論助かっているはずはない。赤軍はそのあとで、私が気絶しているうちに線路へ出て引き上げたのであろう……と、そう考えているうちに私の眼の前の闇の中へ、あのリヤトニコフの宝石の幻影がズラリと美しく輝やきあらわれました。

私は今一度、念のために誓います。私は決して作り飾りを申しませぬ。この時の私はもうスッカリ欲望の奴隷になってしまっていたのです。あの素晴らしい宝石の数十粒がもしかすると自分のものになるかも知れぬ、という世にもあさましい望み一つのために、苦痛と疲労とでヘトヘトになっている身体を草の中から引き起して、インキ壺《つぼ》の底のように青黒い眼の前の暗の中にソロソロと這い込みはじめたのです。……戦場泥棒……そうです。この時の私の心理状態をあの人非人でしかあり得ない戦場泥棒の根性と同じものに見られても、私は一言の不服を申し立て得ないでしょう。

それからすこし森の奥の方へ進み入りますと、芝草がなくなって、枯れ葉と、枯れ枝ばかりの平地になりました。それにつれて身体中の毛穴から沁《し》み入るような冷たさ、気味わるさが一層深まって来るようで、その枯れ葉や枯れ枝が、私の掌や膝の下で砕ける、ごく小さな物音まで、一ツ一ツに私の神経をヒヤヒヤさせるのでした。

そのうちに、だんだんと奥へ入るにつれて、恐怖に慣れたせいか、いろんな事がハッキリとわかってきました。……この森には昔、砦《とりで》か、お寺か、何かがあったらしく、処々に四角い、大きな切石が横たわっていること。時々人が来るらしく、落ち葉を踏み固めたところが連続していること。そうして今はまったく人間がいないので、今まで来る間に死骸《しがい》らしいものには一つも行き当らず、小銃のケースや帽子なぞいう戦闘の遺留品にも触れなかったことから推測すると、味方の者は無事にこの森を出たかも知れない……と言うことなぞ。……そのうちに、積り積った枯れ葉の山が、匍っている私の掌に生あたたかく感ぜられるようになりました時、私はちょうど森の中あたりに在る、すこしばかりの凹地《くぼち》に来たことを知りました。そこから四辺《あたり》を見まわしますと、森の下枝ごしに四辺の原ッパが薄明るく見えるのです。

私は安心したような……同時にスッカリ失望したような、何ともしれぬ深いため息をして、その凹地のまん中に坐《すわ》りこみました。思い切って大きな嚔《くしゃみ》を一つしながら頭の上をふり仰ぐと、高い高い木の梢の間から、微《かす》かな星の光りが二ツ三ツ落ちて来ます。それを見上げているうちに、私はだんだんと大胆になって来たらしく、やがて、いつもポケットに入れているガソリンマッチの事を思い出しました。

私はその凹地のまん中でいく度もいく度も身を伏せて四方《あたり》のどこからも見えないことを、たしかめますと、すぐに右のポケットからガソリンマッチを取り出して、手元を低くしながら、自動点火仕掛の蓋《ふた》をパッと開きました。その光りをたよりにソロソロと頭を擡げて、まず鼻の先に立っている、木の幹かと思われていた白いモノをジッと見定めましたが、間もなく声を立て得ずガソリンマッチを取り落してしまいました。

けれどもガソリンマッチは地に落ちたまま消えませんでした。そこいらの枯れ葉と一緒にポツポツと燃えているうちにケースの中からガソリンが洩れ出したと見えて、見る見る大きく、ユラユラと油煙をあげて燃え立ち始めました。けれども私はそれを消すことも、どうする事も出来ずに、尻《しり》餅《もち》をついたまま、ガタガタと慄《ふる》えているばかりでした。

私のいる凹地を取り巻いた巨大な樹の幹に、一ツずつ丸裸体《はだか》の人間の死骸が括《くく》りつけてあるのです。しかも、よく見ると、それは皆、最前まで生きていた私の戦友ばかりで、めいめいの襯衣《シャツ》か何かを引っ裂いて作ったらしい綱で、手足を別々に括って、木の幹の向うへ、うしろ手に高く引っぱりつけてあるのですが、そのどれもこれもが銃弾で傷ついている上に、そうした姿勢で縛られたまま、あらゆる残虐な苦痛と侮辱とをあたえられたものらしく、眼を刳《えぐ》り取られたり、歯を砕かれたり、耳をブラリと引き千切られたり、股《もも》の間をメチャメチャに切りさいなまれたりしています。そんな傷口の一つ一つから、毛糸の束のような太い、または細長い血の紐《ひも》を引き散らして、木の幹から根元までドロドロと流しかけたまま、グッタリとうなだれているのです。口を引き裂かれて馬鹿みたような表情にかわっているもの……鼻を切り開かれて笑っているようなもの……それ等がメラメラと燃え上る枯れ葉の光りの中で、同時にゆらゆらと上下に揺らめいて、今にも私の上に落ちかかって来そうな姿勢に見えます。

そんな光景を見まわしている間が何分間だったか、何十分だったか、私はまったく記憶しません。そうして胸を刳られた下士官の死骸を見つめている時には、自分の胸の処を、釦《ぼたん》が千切れるほど強く引っ摑《つか》んでいたようです。咽喉《のど》を切り開かれている将校を見た時には、血の出るのも気づかずに、自分の咽喉仏の上を掻《か》きむしっていたようです。下顎《したあご》を引き放されて笑っているような血みどろな顔を見あげた時には、思わずハッハッと、喘《あえ》ぐように笑いかけたように思います。

現在の私が、もし人々の言う通りに、精神病患者であるとすれば、その時から異常を呈したものに違いありません。

すると、そのうちに、こうして藻掻《もが》いている私のすぐ背後で、誰だかわかりませんが微かに、溜息をしたような気はいが感ぜられました。それが果して生きた人間の溜息だったかどうかわかりませんが、私は、何がなしにハッとして飛び上るように背後をふり向きますと、そこの一際大きな樹の幹に、リヤトニコフの屍体《したい》が引っかかって、赤茶気た枯れ葉の焔《ほのお》にユラユラと照らされているのです。

それはほかの屍体と違って、全身のどこにも銃弾のあとがなく、また虐殺された痕跡も見当りませんでした。ただその首の処をルパシカの白い紐で縛って、高い処に打ち込んだ銃剣に引っかけてあるだけでしたが、そのままにリヤトニコフは、左右の手足を正しくブラ下げて、両眼を大きく見開きながら、まともに私の顔を見下しているのです。

……その姿を見た時に私は、何だかわからない奇妙な叫び声をあげたように思います。……イヤイヤ。それは、その眼付が、怖ろしかったからではありません。

……リヤトニコフは女性だったのです。しかもその乳房は処女の乳房だったのです。

……ああ……これが叫ばずにはおられましょうか。昏迷《こんめい》せずにおられましょうか。……ロマノフ、ホルスタイン、ゴットルプ家の真個《ほんとう》の末路……。

彼女……私はかりにそう呼ばさせて頂きます……彼女は、すこし遅れて森に入ったために生け捕りにされたものと見えます。そうして、その肉体は明らかに「強制的の結婚」によって蹂躪《じゅうりん》されていることが、その唇を隈《くま》取《ど》っている猿轡《さるぐつわ》の瘢痕《あと》でも察せられるのでした。のみならず、その両親の慈愛の賜《たまもの》である結婚費用……三十幾粒の宝石は、赤軍がよく持っている口径の大きい猟銃を使ったらしく、空砲に籠《こ》めて、その下腹部に撃ち込んであるのでした。私が草原を匍《は》っているうちに耳にした二発の銃声は、その音だったのでしょう……そこの処の皮と肉が破れ開いて、内部から掌ほどの青白い臓腑《ぞうふ》がダラリと垂れ下っているその表面に血まみれたダイヤ、紅玉《ルビー》、青玉《サファイヤ》、黄玉《トパーズ》の数々がキラキラと光りながら粘り付いておりました。

……お話というのはこれだけです。……「死後の恋」とはこの事を言うのです。

彼女は私を恋していたに違いありません。そうして私と結婚したい考えで、大切な宝石を見せたものに違いないのです。……それを私が気づかなかったのです。宝石を見た一刹那《せつな》から、烈しい貪欲《どんよく》に囚《とら》われていたために……ああ……愚かな私……。

けれども彼女の私に対する愛情はかわりませんでした。そうして自分の死ぬる間際に残した一念をもって、私をあの森まで招き寄せたのです。この宝石を私に与えるために……この宝石を霊媒として、私の魂と結びつきたいために……。

御覧なさい……この宝石を……。この黒いものは彼女の血と、弾薬の煤《すす》なのです。けれども、この中から光っているダイヤ特有の虹《にじ》の色を御覧なさい。青玉《サファイヤ》でも、紅玉《ルビー》でも、黄玉《トパーズ》でも本物の、しかも上等品でなくてはこの硬度と光りはないはずです。これはみんな私が、彼女の臓腑の中から探り取ったものです。彼女の恋に対する私の確信が私を勇気づけて、そのような戦慄《せんりつ》すべき仕事を敢《あ》えてさしたのです。

……ところが……。

この街の人々はみんなこれを贋物《にせもの》だと言うのです。血は大方豚か犬の血だろうと言って笑うのです。私の話をまるっきり信じてくれないのです。そうして彼女の「死後の恋」を冷笑するのです。

……けれども貴下《あなた》は、そんな事はおっしゃらぬでしょう。……ああ……

本当にして下さる。信じて下さる……ありがとう。ありがとう。サアお手を……握手をさして下さい……宇宙間に於《お》ける最高の神秘「死後の恋」の存在はやっぱり真実でした。私の信念は、あなたによって初めて裏書きされました。これでこそ乞食みたようになって、人々の冷笑を浴びつつ、この浦塩の町をさまよい歩いた甲斐《かい》がありました。

私の恋はもう、スッカリ満足してしまいました。

……ああ……こんな愉快なことはありません。すみませんがもう一杯乾盃させて下さい。そうしてこの宝石をみんな貴下に捧《ささ》げさして下さい。私の恋を満足さして下すったお礼です。私は恋だけで沢山です。その宝石の霊媒作用は今日ただ今完全にその使命を果したのです……。サアどうぞお受け取り下さい。

……エ……何故ですか……ナゼお受け取りにならないのですか……。

この宝石を捧げる私の気持ちが、あなたには、おわかりにならないのですか。この宝石をあなたに捧げて……喜んで、満足して、酒を飲んで飲んで飲み抜いて死にたがっている私を可哀相とはお思いにならないのですか……。

エッ……エエッ……私の話が本当らしくないって……。

……あ……貴下もですか。……ああ……どうしよう……ま……待って下さい。逃げないで……ま……まだお話しすることが……ま、待って下さいッ……。

ああッ……

……アナスタシヤ内親王殿下……。

支那米《しなまい》の袋

ああ……すっかり酔っちゃったわ。……でも、もう一杯コニャックを飲ましてちょうだいね……。あんたもお飲みなさいよ。今夜は特別だからサア……ええ、妾《わたし》の気持ちが特別なのよ、今夜は。……そのわけは今話すわよ。話すから一パイお飲みなさいったら……そりゃあトテも恐ろしい話なのよ。……ダメダメ。いくらあんたが日本の軍人だって、妾の話をおしまいまで聞いたらきっとビックリして逃げ出すにきまっているわよ。

……ああ美味《おい》しい。妾、もう一パイ飲むわ。へべれけになるわよ今夜は……ニチエウオ！……レストラン・オブラーコのワーニャさんを知らないか……ってね。管《くだ》を巻くわよ今夜は……オホホホホホ。……でも、あんたはその話を聞く前に、妾にいくらでもお酒を飲ましていい理由《わけ》があるのよ。何故って妾はこの間から何度も何度もあんたを殺したくなった事があるんですもの……。マアあんな顔をして……ホホホホホ。まあそんなに怖い顔をしないでもいいから一杯お飲みなさいったら、シャンパンを抜いたからサ……。

……アラ……何故いけないの。おかしな人ねあんたは……まあ憎らしい。妾、そんな薄情者じゃないわよ。あんたを殺してお金を奪《と》ったって、いくらも持ってやしないじゃないの。亜米利加《アメリカ》の水兵の十分の一も持っていないことを妾はちゃんと知っているわよ。ホラ御覧なさい。ホホホホ。だからそんな余計な心配をしないで一パイお飲みなさいったら……飲まなきゃあああんたを殺したいわけを話さないからいい……寝てる間に黙って殺しちゃうから……さあ……グット……そうよ。サア、も一つ……これは妾を侮辱した罰よ。ホホホホホホ。

今夜もそうなのよ。チョッと電燈《でんき》を消すから、その窓から向家《むこう》の屋根を覗《のぞ》いて御覧なさい……ホラ、あんなに雪が斑《まだら》になって凍りついているでしょ。妾はあの雪の斑を見るたんびにあんたを殺したくてたまらなくなるのよ。……だからそのたんびにお酒を飲むの。ウオツカでも、ウイノーでも、ピーヴオでも何でもいいの。そうすると忘れちゃってね。あんたを殺すのを忘れちゃって寝てしまうから……ああ美味《おい》しい。妾もう一杯飲むわ。

……イイエ真剣なの。ホントウに真剣なのよ。そうして今夜こそイヨイヨ本気になってあんたを殺そうと思っているのよ。だから今夜は特別なのよ……だってあんたはちょうどこんな晩に、妾を生命がけの旅行に連れ出して行った男にソックリなんですもの……背の高さと色が違うだけで、真正面《ともま》から見ているとホントに兄弟かと思うくらいよ。だからコンナに惚《ほ》れちゃったのよ。……イイエ……ちっともトンチンカンな話じゃないの。妾、そんなに酔ってやしないわよ。コニャックなんかイクラ飲んだって管なんか巻きやしないから……その訳はこうなのよ。まあお聞きなさいったら……トンチンカンでもいいからサア……。

あんたはツイこの頃来たんだから知らないでしょうけれども、この間、ここを引き上げて行った亜米利加《アメリカ》の軍艦ね。あの軍艦の司令官の息子のヤングって言うのが、その男なのよ。……ええ……司令官と同じにヤングって言ってね。名前だか苗字《みょうじ》だかわからないけど、ただそう言っていたの……そうネエ。年は三十だって言っていたけど、あんたと同じくらいに若く見えたわ。六尺ぐらいの背丈けの巨男《おおおとこ》でね。まじめなすまアした顔をしていたわ。あの軍艦の中でも一等のお金持ちで、一番の学者だって、取り巻きの士官や水兵さん達がそう言っていたから本当でしょうよ。もっとも学者だって言うけど、あんたと違って歌も知っているし、音楽も出来るし、お酒はいくら飲んでも平気だし、ダンスでも賭博《ばくち》でも、あんたよりズット巧《うま》かったわ……それからもう一つ……お話がトテモ上手だったの。イイエ。そんなむずかしい話じゃないの。それあステキな面白い……トテモ恐ろしい恋愛の話よ。ヤングはその方の学者だって、自分でそう言っていたくらいだわ。

……ええ……。

そのヤングは軍艦が浦塩《ウラジオ》に着くと間もなくこのオブラーコの舞踏場へやって来て、一番最初に妾を捉《つか》まえて踊り出したの。そうしたら妾の身体がヤングの半分くらいしかなかったもんだから、一緒に来た士官や水兵さん達がみんなでワイワイ冷やかして、ピューピュー口笛を吹いたりしたの。……そうしたらヤングも一緒になって笑いながら、妾をお人形のように抱き上げてこの室《へや》へ逃げ込んだと思うと、妾の内ポケットから鍵《かぎ》を取りあげて扉をピッタリと掛けてしまったの。……その素早かった事……でもその時は妾が店に突き出されてから、まだやっと二日目くらいだったし、男ってどんなものか知らないくらいだったもんだからホントウにビックリしてしまって、一所懸命ヤングの軍服の胸にしがみついていたわ。だけどヤングは、この室で二人きりになると、トテモ親切に妾を慰めてくれたのよ。落魄《おちぶれ》男爵《だんしゃく》の娘からこんなレストランの踊り子にかわった妾の身の上話を、シンカラ同情して聞いてくれたり、お料理やお菓子をいろいろ取ったり、お酒をいくらでも飲んでくれたり、お金を持っているだけみんな置いて行

ってくれたりしたので、妾ホントウに嬉《うれ》しかったわ。それはみんな亜米利加の貨幣《おかね》だったけど主人は大ニコニコで私の頭を撫《な》でて、

「大手柄大手柄……あのお客を一所懸命で大切《だいじ》にしろ……」

って言ってくれたわ。

それからヤングは毎晩のように妾の処へやって来たの。そうして妾とだんだん仲よしになって来るといろんな事を妾に教え始めたの。亜米利加の言葉だのＡＢＣの読み方だの、キッスの送り方だの……誕生日の話だの……花言葉だの……だけど、その中でも一等面白くて怖かったのは、やっぱり、そのステキな恋愛のお話だったわ。妾ホントに感心しちゃったのよ。ヤングが何でもよく知っているのに……。

それは亜米利加のお金持ち仲間で流行《はや》る男と女の遊び方で、お金持ちになればなるほど、そんな遊びの方法《しかた》が乱暴なんですってさあ。……ええ……それはトテモ贅沢《ぜいたく》な室の仕掛けや、高価《たか》いお薬や、お金のかかる器械や、お化粧の道具なぞが、いくらでも要るので、貧乏人にはトテモ出来な

い遊びなんですってさあ。そうして亜米利加の若い男や女は、そんな遊びがしたいばっかりに一所懸命になって働らいて、お金を貯めているんですってさあ。

その遊び方法《かた》って言ったらそりゃあ沢山あるわよ。みんなお話しするのは大変だけれど、ちょっと言って見ればね……紅で作ったチューインガムや薬みたようなものを使って、相手を血まみれの姿にし合いながらダンスをしたり……天井も、床も、壁も、窓掛けも、何もかも緋《ひ》色ずくめにした部屋の中に大きな蠟燭《ろうそく》をたった一本灯《とも》して、そのまわりを身体中にお化粧して、その上から香油をベトベトに塗った素《す》っ裸体《ぱだか》の男と女とが、髪毛を振り乱したまま踊りめぐったりするんですとさあ。そうするとその蠟燭の光りの赤い色が、壁や天井の色に吸いとられてまるで燐火《おにび》のように生白く見えて来るにつれて、踊っている人達の身体の色がちょうど地獄に堕《お》ちた亡者を見るように、赤や、緑色、紫色に光って見えて来るんですって。それと一緒に身体じゅうの皮膚がポッポと火照《ほて》り出して、燃え上るような気持ちになって来るもんだから、その苦しまぎれに相手をシッカリと摑《つか》まえようとすると……ホラ、油でメラメラしていてチットモ力が入らないでしょう。そのうちに、死ぬほど苦しくなって、ヘトヘトに疲れて倒れてしまうんですってさあ……ねえ、ずいぶんステキじゃないの。……だけどまだ恐ろしい話があるのよ。

……エ……もう解ったって言うの……。嘘ばっかり……わかるもんですか。ズットおしまいまで聞いてしまわなくちゃ解りゃしないわよ。妾があなたを殺したがっている訳は……まあ黙って聞いてらっしゃいったら……上等の葉巻を一本上げるから……。

そうしてね……そんな恐ろしい楽しみを続けて行くとそのうちには、とうとう、どんなに滅茶苦茶な遊びをしても直《じ》きに飽きるようになってしまうんですって。そうして最後《おしまい》には自分が可愛いと思っている相手を、自分の手にかけて嬲《なぶ》り殺しか何かにして終《しま》わなくちゃ気がすまないようになるんですってさあ。……つまり自分の相手をまだ可愛がり飽きないうちに殺してはまた、新しい相手を探して行くのが亜米利加で流行る一番贅沢な遊びなんですってさあ……ホホホホホ。ビックリしたでしょう。ねえあんた、誰だってそんな話ホントにしやしないわね。妾もそんな時には嘘だって笑い出したくらいよ。だってそりゃあ男だったらそんな事が出来るかも知れないけど、女がそんな乱暴な遊びをしようなんて思えやしないわ。ねえ。何ぼ何でも……。

だけど、妾それから温柔《おとな》しくしてヤングの話を聞いていたら、それがだんだん本当らしくなって来たから不思議なのよ。亜米利加の女ってものはそんな遊びにかけちゃ男よりもズット気が強いんですってさあ。亜米利加の男や女に独身生活者《ひとりもの》が多いのは、そんな遊びのステキな気持ちよさを知っているからで、そんな人達に、方々から誘拐《かどわか》して来た美しい男や女を当てがって、いろんなステキな遊びをさせる倶楽部《クラブ》だのホテルだの言うものが、大きな街に行くとキットどこかに在るんですってさあ……つまり金さえあればドンナ事でも出来るのが亜米利加のふうだって言うのよ。だから恋愛の天国って言えば、今の世界中で亜米利加よりほかにないってヤングは自慢していたわ。

……でもね……その中でたった一つドンナお金持ちでもめったに出来ない一番ステキな、一番贅沢な取っときの遊びがあるって言うのよ。ねえ……面白いでしょう……それはねえ。今言ったようにお金ずくで出来るいろんな素敵な遊びにも飽きてしまって、どうにもこうにもしょうがなくなった人の中の一人か二人かがやって見たくなる、ステキなステキなこの上もない無鉄砲な遊びで、それこそホントにお金ずくでは出来ない生命がけの愉快な遊びなんですってさあ……そう言ったらあんたはわかるでしょう。その遊び方が……え……わからないって……まあ……。

……だってその遊びの本家本元は日本だってヤングはそう言ったのよ。世界中のどこにもなくて日本にだけ昔から流行っているのを、この頃亜米利加の学者たちが大騒ぎをして研究を始めているので、トテモ有名な遊びなんですとさあ……そう言ってもわからない？……まあ……じゃもっと言って見ましょうか。

ヤングはそう言ったのよ。日本の芸術ってものは何でもかんでも世界中の芸術の一番いい処ばかりを一粒選《え》りにして集めたものなんですってさあ……イイエ、オベッカじゃないのよ。ヤングがそう言っていたんだから……妾なんかは解らないけど……だから、日本では恋愛の遊びだって、ほかのいろんな遊びの仕方は、もうすっかり流行り廃《すた》っている代りに、その一番ステキなのがタッタ一つだけ、今でも残っているんですって。一つは日本人はお金をそんなに持たないから、ほかのお金のかかるのはみんな諦《あき》らめてしまって、その一番ステキなのだけで満足しているのかも知れないって言うのよ。それをこの頃になって亜米利加の学者たちがやかましく言って研究しているけども、それはただ学問の研究だけで、本当にやって見ようなんて言う度胸のある人間は、まだ一人も亜米利加に出て来ないんですってさあ……そんなステキな遊びが日本に在るのを、あんた知らない……マア……そんなはずはないわ。ヤングは学者だから嘘なんか吐《つ》きゃしないわよ。あんたは知っているけど気がつかないでいるのよ。日本ではそんなに珍しくないから……。

……エ？……その遊びの名前ですって……それを妾スッカリ忘れちゃったのよ。イイエ本当よ……今に思い出すかも知れないけど……おぼえているのはその遊びの仕方だけよ。それあ、トテモ素敵な気持ちのいい遊び方で、聞いただけでも、胸がドキドキするくらいよ。何でもアメリカの言葉で言うと「恋愛遊びの行き詰まり」って言ったような意味だったわよ。日本の言葉で言うと、もっと短かい名前だったようだけど……え？……その遊びの仕方を言ってみろって？……いやいや。……それは妾わざっと話さないで置くわ。あんたが思い出さなければちょうどいいからね。おしまいの楽しみに取っとくわよ。……ええ……今夜は妾はトテモ意地悪よ。ホホホホホホ。

……でも、そんな話を初めて聞いた時には、妾もうビックリしちゃって髪毛をシッカリと掴みながらブルブル慄《ふる》えて聞いていたようよ。その頃の妾は今よりもズッと初心《うぶ》だったもんですからね……そんな話を平気でしいしい、青い顔をして、お酒を飲んでいるヤングの軍服姿が、だんだん恐ろしいものに見えて来て、今にも妾を殺すのじゃないか知らんと思い思い、その高い薄っペラな鼻や、その両脇に凹《くぼ》んでいる空色の眼や、綺麗《きれい》に真中から分けた栗色の髪毛を見つめていたようよ。何だか悪魔と話しているような気がしてね……。

だけど、そのうちにヤングから、そんな遊びの仕方を、一番やさしいのから先にして一つ一つに教わって行くうちに、妾はもう怖くも何ともなくなってしまったのよ。……ええ……それあ本当の事はどうせ亜米利加の本場に行って、いろんな薬や器械を使わなくちゃ出来ないのが多かったし、一番ステキな日本式の遊びや、そのほかの生命がけの遊びは相手がないから、ただ真似方と話だけですましたの。妾の身体に傷が残るようなものも店の主人に見つかると大変だから、ヤングと一緒に亜米利加に行って結婚式を挙げてからの楽しみに取っといたけど、ほかのはたいてい卒業しちゃったのよ。……それも初めのうちは、妾がヤングからいじめられる役で、首をもうすこしで死ぬところまで絞められたり、縛って宙釣りにされたり、髪毛だけで吊《つ》るされたりして、とても我慢出来ないくらい、苦しかったり痛かったりしたのよ。だけどそのうちにだんだん慣れて来たら、その痛いのや苦しいのが眼のまわるほどよくなって来てね……妾があんまり嬉しそうにして涙をポロポロ流したりするもんだから、おしまいにはヤングの方が羨《うらや》ましがって、いつも持っている小さな鞭《むち》を妾に持たして、それで自分の背中を思いきり打《ぶ》ってくれって言い出したくらいよ。

ええ……妾思いきり打ってやったわ。ヤングなら背中に鞭の痕《きず》がついていても誰も気づかないでしょうし、妾も自分でいじめられる気持ちよさを知っていたんですからね……。イイエ音なんかいくら聞こえたって大丈夫よ。妾ヤングから教わった通りに暢気《のんき》そうに流行歌《はやりうた》を唄《うた》いながら、その調子に合わせて打っていたから、外から聞いたって何かほかのものをたたいているとしか思えなかったはずよ。……でも、そうして寝台の上に長くなっている、ヤングの脂ぎった大きな背中を、小さな革の鞭で力一パイにたたいている間の気持ちのよかったこと……打てば打つほどヤングが可愛くなって来てね……そうしてもしヤングと一緒に亜米利加へ行ったら、そんな遊びが本式に大ビラで出来ると思うと、楽しみで楽しみでたまらなくなっちゃったの。だから……妾は毎晩そんな遊びをする時間をすこしずつ割《さ》いて、ヤングを先生にして一所懸命に亜米利加の言葉を勉強し続けたのよ。

妾は言葉を覚えるのが名人なんですってさあ。ヤングがビックリしていたくらいよ。ヤングとこんな話が出来るようになるまでは一と月とかからなかったし、水兵さん達と悪態のつきっこをするくらいの事なら初めっから訳なかったわ。おしまいにはヤングがよくポケットに入れて持って来る英字新聞《アングリウスクユガゼド》が、すこうしずつ読めるようになったから豪《えら》いでしょう。自分の国の字だと聖書もロクに読めないのによ。ホホホホホホ。だって妾の両親はトテモ貧乏で妾を学校にやる事が出来なかったんですもの……お化粧の道具なんかも、両親から買ってもらった事は一度もなかったのよ。だけどこの時ばかりは学者の奥さんになるのだからと思って、ずっと前から欲しくてたまらなかった型の小さい上品なのを別に買って、バスケットの底にしまって置いたわ。ええ。そりゃあ嬉しかったわよ。だってどうせ両親に売り飛ばされて、こんな酒場の踊り子になっている身の上ですもの……おまけに生れて初めて妾を可愛がってくれて、いろんな楽しみを教えてくれたのが、そのヤングなんですもの……その頃の妾は今みたいなオシャベリの女じゃなくってよ。どんな男を見ても怖ろしくて気味がわるくて、思うように口も利けないうちに、たった一人そのヤングだけが怖くなくなったんですもの……アラ……御免なさいね。涙なんか出して……妾……男の方の前で、こんな事を言って泣くのは今夜が初めてよ。ネ……笑わないでね。

そうしたら……そうしたらね、ちょうどあの月だから十月の末の事よ。

ヤングが何時になく、悄気《しょげ》た顔をして入って来てこの室《へや》で妾と差し向いになると、何杯も何杯もお酒を飲んだあげくにショボショボした眼つきをしながら、こんな事を言い出したの……。

「可愛い可愛いワーニャさん。私はいよいよあなたとお別れしなければならぬ時が来ました。あなたをアメリカへ連れて行く事も思いきらなければならぬ時が来ました。私は明日の朝早く、船と一緒に浦塩を引き上げて布哇《ハワイ》の方へ行かなければなりませぬ。そうして日本と戦争を始めなければなりませぬ。そうなったら私は戦死をするかも知れないし、あなたを連れて行く訳にも行かなくなりました。昨夜不意うちに本国からの秘密の命令が来たので、どうする事も出来ないのです。……しかしもしも戦争がすむまで私が死なないでいたらキット貴女《あなた》を連れに来ます。ですからどうぞ今度ばかりは諦めて下さい」

……って……そう言っているうちにポケットからお金をドッサリ詰めた革袋を出して、妾の手に握らせたの。

妾その革袋を床の上にたたきつけて泣いちゃったわ。

「そんな事は嘘だ」

って言ってね。そりゃあ日本が亜米利加と戦争を始めそうだって言う事は、ズット前から聞いているにはいたけれども、ヤングの話はあんまりダシヌケ過ぎて、どうしても本当とは思えなかったんですもの。だから、

「あんたは妾を捨てて行こうとするのだ。何でもいいから妾はあんたを離れない。一緒に軍艦に乗って行く」

……って言って、死ぬほど泣いて泣いて泣いて泣いて、何と言っても聴かなかったの。しまいには首ッ玉にしがみついて、片手で軍服のポケットをシッカリ摑《つか》んで離さなかったの……。

ヤングは本当に困っていたようよ。軍服の肩の処に顔を当ててヒイヒイ泣きじゃくっている妾を膝の上に抱き上げたまま暫《しば》らァくジッとしていたようよ。けれどそのうちにフイッと何か思い出したように私の顔を押離すと、私の眼をキット睨《にら》まえながら、今までとまるで違った低い声で、

「ワーニャさん。いい事がある」

って言ったの。妾はその時、何だかわからないままドキンとして泣き止みながらヤングの顔を見上げたら、ヤングは青白――イ気味の悪い顔になって、私の眼をジ――イと覗《のぞ》き込みながらソロソロと口を利き出したのよ。前とおんなじ低い声でね……。

「ワーニャさん。いい事がある。貴女がそれほどまでに私の事を思ってくれるのなら、一つ思いきった事をやっつけてくれませんか。私が今から海岸の倉庫へ行って大きな麻の袋を取って来ますから、その中へ入ってくれませんか。毛布を身体に巻きつけて置けば人間だか荷物だかわからないし、寒くもないだろうと思いますから、そうして私の荷物に化けて軍艦に来て物置の中に転がっていてくれませんか。そうすれば、そのうちに私がうまく父親の司令官に話して、貴女を士官候補生の姿にして私の化粧室に住まわせて上げますから……その話が出来るまで三度三度の喰《た》べ物は、私が自分で持って行って上げます。随分窮屈で辛《つら》いでしょうけれども暫くの間と思いますから辛棒《しんぼう》してくれませんか」

……って……ネエあんたどう思って……トテモ、ステキな思いつきじゃないの……イイエ、ヤングは本気でそう言っていたのよ。妾を欺《だま》していたんじゃないの。もうすこし先までお話するとわかるわ……ええ今話すわよ。話すからもう一杯飲んで頂戴《ちょうだい》……ソーダーを割って上げるからね……。

妾、この話を聞くと手をタタイて喜んじゃったわ。だって今までに活動や何かで見たり聞いたりした「恋の冒険」の中のどれよりもズット素敵じゃないの。女の児が支那米《しなまい》の袋に入って、軍艦に乗って戦争を見物に行くなんて……ねえ……妾あんまり嬉しかったもんだから思い切りヤングに飛びついてやったわ。そうして無茶苦茶にキスしてやったわ。

ヤングも嬉しそうだったわよ。今までになく大きな声を出して歌を唄ったりしてね。そうして妾に、

「……それではドッサリお酒を飲みながら待っていて下さい。今夜は特別

に寒いようだから袋の中で風邪を引かないようにね。私はこれから袋を取りに行って来ますから」

って、そう言ううちに帽子をかぶって外套《がいとう》を着てどこかへ出て行ってしまったの。

妾そんな時にちょっと心配しちゃったわ。ヤングがそのまんま逃げて行ったのじゃないかと思ってね……だけどそれは余計な心配だったのよ。ヤングは間もなくニコニコ笑いながら帰って来て妾の顔を見ると、

「……おお寒い寒い……ちょっとその呼鈴を押して主人を呼んでくれませんか」

って言ったの。妾、ヤングの足があんまり早いのでビックリしちゃってね。

「まあ……今の間にもう海岸まで行って来たの……そうして袋はどこに持って来たの……」

って聞いたらヤングは唇に指を当てて青い眼をグルグルまわしながら妙

な笑い方をしたの。

「シッ……黙っていらっしゃい……近所の支那人に頼んで外に隠して置いたのです。今にわかりますから……」

ってね……そう言ううちに主人が入って来たら、ヤングはいつもの通り、その晩妾を買いきりにして、お料理やお酒をドンドン運び込ませて、妾に思いきり詰め込ましたのよ。……途中でお腹が空《す》かないようにね……そうして主人にはドッサリチップをくれて、面喰《めんくら》ってピョコピョコしている禿《はげ》頭を扉《ドア》の外へ閉め出すとピッタリと鍵《かぎ》をかけながら、

「明日の朝十時に起してくれエッ」

……て大きな声で怒《ど》鳴《な》ったの。そうして置いて妾の手をシッカリと握ったヤングは、あの窓を指さしながらニヤニヤ笑い出したのよ……。

妾ヤングの怜悧《りこう》なのに感心しちゃったわ。あの窓はその時までもっと大きな二重硝子《ガラス》になっていて、その向うにはあんな鉄網の代りに鉄の棒が五本ばかり並んでいたんだけど、その硝子窓を外して鉄の棒のまん中へ寝台

のシーツを輪にして引っかけて、その輪の中へ突込んだ椅子の脚を壁のうちへ引っかけながら、二人がかりでグイグイと引っぱると一本一本にみんな抜けちゃったの……ええ……電燈を消していたんだから外から見たってわかりゃしないわ。……その穴からヤングが先に脱《ぬ》け出して、あとから這《は》い出した私を抱えおろしてくれたの。

それは浦塩付近《ここいら》に初めて雪の降った晩で、あの屋根の白い斑雪《まだらゆき》もその時に積んだまんまなのよ。風はなかったようだけど星がギラギラしていてね……その横路地に白い舞踏服姿の妾が寝台《ベッド》から取って来た白い毛布にくるまってガタガタに寒くなりながら立っていると、ヤングは大急ぎで向家の横路地の間から隠して置いた支那米の袋を持って来て私の頭の上からスポリとかぶせてくれたの。そうしてそのまんま地べたの上にソッと寝かして、足の処をシッカリとハンカチで結えるとヤットコサと荷《かつ》ぎ上げながら、低い声でこんな事を言って聞かせたのよ。

「さあ……ワーニャさんいいですか。しばらくの間辛いでしょうけども辛棒して下さい。私がもうよろしいって言うまでは、決して口を利いたり声を立てたりしてはいけませんよ」

ってね……。だけど妾は、その袋があんまり小さくて窮屈なので、ビックリしちゃったわ。妾の身体は随分小さいんだけど、それでも足を出来るだけグッと縮めなければ袋の口が結ばらないのですもの。おまけにその臭かったこと……停車場のはばかりみたいな臭いがしてね。ホコリ臭くて息が詰りそうで、何遍も何遍も咳《せき》が出そうになるのをジッと我慢しているのがホントに苦しかったわ。

それからどこを通って行ったのかよくわからないけれど、何でもこのスエツランスカヤから横路地伝いに公園の横へ出て、公使館の近くを抜けながら海岸通りへ出たようなの。途中で下腹や腰のところがヤングの肩で押えられて痛くてしょうがなかったけど、やっとの思いで我慢していたわ。ええ。そりゃあ怖かったわ。ヤングが時々立ち止まるたんびに誰か来たのじゃないかと思ってね……。

海岸に来るとヤングはそこに繫《つな》いであった小さい舟に乗り込んで、妾をソッと底の方へ寝かして、その上に跨《また》がって自分で櫂《かい》を動かし始めたようなの……そこいらはまだ暗くて、波の音がタラリタラリとして、粗《あら》い袋の目から山の手の燈火《あかり》がチラリチラリと見えてね……妾は息が苦しいのも、背中が痛いのも、それから足を伸ばしたくてたまらないのも忘れて、時々聞える汽笛の音に耳をすましながら胸をドキドキさせていたわ。これが故郷とのお別れと思ってね……そうかと思うと亜米利加の町をヤングと連れ立って散歩している自分の姿を考えたり……ヤングと妾の幸福のためにイーコン様にお祈りを捧《ささ》げながら、ソッと小さな十字架を切ったりしていたわ。

そうすると間もなく今までとまるで違った波の音が聞え出して、小舟が軍艦に横づけになったようなの。その時に妾はまたドキンとして荷物のつもりで小さくなっていると、こっちからまだ何も言わないのに上の方から男の足音が二人ほど、待っていたようにゴトゴトと音を立てて降りて来た

の。そうしてその中の一人が低い声で、

「へへへへ。今までお楽しみで……」

って言いかけたらヤングが同じように低い声で、

「シッ。相手は通じるんだぞ……英語が」

って叱ったようよ。そうすると二人ともクックッ笑いながら黙り込んで、妾の袋をドッコイショと小舟の中から抱え上げたの。

その時に妾はチョット変に思わないじゃなかったわ。何だか解らないけどその二人の男の抱え方が袋の中に生きた人間がいるって事をチャント知っているとしか思えなかったんですもの。一人は妾の肩の処を……それから、もう一人は腰の処を痛くないようにソーッとネ……だけどこれは大方ヤングが今の間に手真似か何かで打ち合わせたのかも知れないと思っているうちに、一度階段を降りきった二人の足音はまた、別の段々を降り始めて、今度は波の音も何も聞えない、処々に電燈のついた急な階段を二ツばかり降りて行ったの。

その時にヤングはもう何処かへ行っていたようよ。……いいえ船の中はシンとしていたけど、いつヤングが消えてしまったのか解らなかったわ……まあそう……出帆前ってそんなに忙がしいものなの……じゃ矢っ張りあんたの言うように、あの軍艦はずっと前から出発の準備をして命令が来るのを待っていたんだわ。ね……そうでしょう……ヤングが出帆の日を知らなかったのは無理もないわ。そうして本当に日本と戦争をする気で出て行ったんだけど、途中で日本が怖くなったから止しちゃったんでしょう。

……アラ……どうしてそんなに失笑《ふきだ》すの。

イイエ……あんたがいくら笑ったってそうに違いないわよ。だってヤングはおしまいまで一度も嘘をついた事なんぞなかったんですもの。妾がヤングに欺されているように思うのはソリャあんたの嫉妬《やきもち》よ……まあいいから黙ってお酒を飲みながら聞いていらっしゃい。あんたの気もちはよくわかっているんだから。もっとおしまいまで聞いて行くうちにはヤングが言った事が本当か嘘かわかるから……ね……。

……そうしたらね……。

そうしたら、あとに残って妾を抱えている二人の足音がまた一つ急な段々を降りて行くと、どこか遠い処に黄色い電燈がたった一つ点《とも》っている、暗い、板張りらしい処に来たの。それと一緒に二人の男はイキナリ妾を固い床の上にドシンと放り出したもんだから妾は思わず声を立てる処だったわ。だけどまたそれと一緒に、これはどこか近い処に人間がいるからで、妾を荷物と見せかけるためにわざとコンナ乱暴な真似をしたのに違いないと気がついたの。それでやっと我慢して放り出されたなりジットしていたら、そのうちに誰もいなくなったのでしょう。二人の男は大きな声で話をしいしいユックリユックリと室を出て行ったの。

「アハハハハハ。もう大丈夫だ。泣こうが喚《わめ》こうが」

「ハハハハハハ。しかしヤングの知恵には驚いちゃったナ。露西亜の娘っ子なんて、コンナに正直なもんたあ思わなかったよ」

「ウーム。こんな素晴らしい思いつきはあいつの頭でなくちゃ出て来っこねえ。何しろ革命から後ってものあどこの店でも摺《す》れっ枯らしを追い出して、いいとこのお嬢さんばかりを仕入れたって言うからな……そこを睨《にら》んだのがヤングの知恵よ」

「なるほどナア……ところでそのヤングはどこへ行きやがったんだろう」

「おやじん処へ談判に行ったんだろう。生きたオモチャをチットばかし持込んでいいかってよ」

「……ウーム。しかしなア……おやじがうまくウンと言やあいいが……」

「そりゃあ大丈夫よ。それくらいの知恵なら俺だって持っている。つまり時間が来るまでは他の話で釣っといて、艦《ふね》の中を見まわらせねえようにしとくんだ。そうしてイヨイヨ動き出してから談判を始めせえすりゃあ、十が十までこっちのもんじゃねえか。……まさか引っ返す訳にも行くめえしさ」

「ウーム。ナアルホド。下手を間誤つきゃあ、いい恥さらしになるってえ訳だな」

「ウン……それにおやじだってまんざらじゃねえんだかんナ……ヤングはそこを睨んでいるんだよ」

「アハハハハ、違えねえ。豪《すげ》えもんだなヤングって奴は……」

「アハハハハハハハハ」

「イヒヒヒヒヒヒヒヒ」

……妾こんな話をきいているうちにハッキリと意味はわからないまま、もうスッカリ大丈夫なような気になって、グーグー睡《ねむ》ってしまったのよ。ええ……そりゃあ大胆と言えば大胆なようなもんよ。だけどその時の妾はもう大胆にも何にもしようのないくらいヘトヘトに疲れていたんですもの。最前からオブラーコで飲んだお酒の酔いと、今まで苦しいのを我慢していた疲労《つかれ》が一時《いちどき》に出ちゃって、いつ軍艦が出帆の笛を吹いたか知らないまんまに睡っていたわ。

だけど、そうして眼が醒《さ》めてからの苦しくて情なかった事。軍艦の器械のゴットンゴットンという響きが身体に伝わるたんびに毛布ごしに床板に押しつけられている背中と、腰骨と、曲ったまんまの膝《ひざ》っ節とが、まるで火がついたように痛むじゃないの。妾はもう……早くヤングが来てくれればいい。そうしたら水か何か一パイ飲ましてもらわなくちゃ、咽喉《のど》がかわいて死ぬかも知れない。そうしてモット大きな袋に入れてもらわなくちゃ……と、それぱっかり考えていたわ。そうして人にわからないように少しずつ寝がえりをしかけていると、不意に頭の上で誰かが口を利き出したので、妾はまたハッとして亀の子のように小さくなってしまったの……それは何でも三、四人の男の声で、妾のすぐ傍に突立って、先刻から何か話していたらしいの……。

「まだルスキー島はまわらねえかな」

「ナニもう外海よ」

「……ワン。ツー。スリー。フォーア……サアテン。フォテン……おやァ……一つ足りねえぞこりゃア……フォテン。フィフテン。シックステン……と……あっ。足下に在りやがった。締めて十七か……ヤレヤレ……」

「……様と一緒なら天国までも……って連中ばかりだ」

「惜しいもんだなあ……ホントニ……おやじせえウンと言やあ、布哇《ハワイ》へ着くまで、さんざっぱら蹴《け》たおせるのになア」

「馬鹿野郎。布哇クンダリまで持って行けるか。万一見つかって世界中の新聞に出たらどうする」

「ナアニ。頭を切らして候補生のふうをさせときゃあ大丈夫だって、ヤングがそう言ってたじゃねえか」

「駄目だよ。浦塩の一粒選《え》りを十七人も並べりゃあ、どんな盲目だって看《み》破《やぶ》っちまわア」

「それにしても惜しいもんだナ。せめてヒリッピンまででも許してくれるとなア」

「ハハハハハまだあんな事を言ってやがる。……そんなに惜しきゃあ、みんな袋ごとくれてやるから手前一人で片づけろ。割り前はやらねえから」

「ブルブル御免だ御免だ」

「ハハハ見やがれ……すけべえ野郎……」

そんな事を言い合っているうちに一人がマッチを擦って葉巻に火を点《つ》けたようなの。間もなく美しい匂いがプンプンして来たから……。

だけど妾はそのにおいを嗅《か》ぐと一緒に頭の中がシイーンとしちゃったの。身体が石みたように固くなって息もつけないくらいになっちゃったの……だって妾みたようにしてこの軍艦に連れ込まれた者は、妾一人じゃないことが、その時にやっとわかりかけて来たんですもの……妾のまわりにはまだいくつもいくつも支那米の袋が転がっているらしいんですもの……。おまけに、それをどうかしに来たらしい荒くれ男が三、四人、平気で冗談を言い合いながら葉巻を吹かしているじゃないの……あんまり恐ろしい不思議な事なので、妾はあと先を考える事も何も出来やしなかったわ。ただ眼をまん丸に見開いて鼻っ先に被さっている袋の粗い目を凝視《みつめ》ながら、両方のお乳を痛いほどキュッと摑《つか》んでいたわ……夢じゃないかしらと思って……。

でも、それは夢じゃなかったの……そうして歯を喰《く》い締めて？　一心に耳をすましていると、ゴットンゴットンという器械の音の切れ目切れ目にドドンドドーンって言う浪の音が、どこからか響いて来るじゃないの。……ええ……おおかた外の女達《ひと》も妾とおんなじにビックリして小さくなっていたんでしょう。話声をする音も聞えないくらいシンとしていたようよ。

そうしたらまたそのうちに、その葉巻を持っているらしい男がひとしきりスパスパと音を立てて吸い立てながら、こんな事を言い出したの。

「待て待て。片づける前に一ツ宣告をしてやろうじゃねえか。あんまりもったいねえから」

「バカ……止《よ》せったら……一文にもならねえ事を……」

「インニャ。このまま片づけるのも芸のねえ話だかんナ……エヘン」

「止せったらジック……そんな事をしたら化けて出るぞ」

「ハハハハ……化けて出たら抱いて寝てやらあ……何でも話の種だ……エヘンエヘン」

「止せったら止せ……馬鹿だなあ貴様は……言ったってわかるもんか」

「まあいいから見てろって事よ……こりゃあ余興だかンナ……俺の言う事が通じるか通じないか……」

って言ううちに、そのジックって男は、また一つ咳払《せきばら》いをしながらハッキリした露西亜語で演説みたいにしゃべり出したの。

「エヘン……袋の中の別嬪《べっぴん》さんたち。よく耳の垢《あか》をほじくって聞いておくんなハイよ。いいかね……お前さん達はみんな情人《いいひと》と一緒になりたさに、こんな姿に化けてここへ担ぎ込まれて来たんだろう。また……お前さん達の情人もおんなじ料簡《りょうけん》でお前さん達をここまで連れて来たんで、決して悪気じゃなかったんだろうが、残念な事には、それが出来なくなっちゃったんだ。いいかい……だからね。……エヘン……だから怨《うら》むならばだ……いいかい……怨むならば、お前さん達の情人にこんなステキな知恵を授けた、ヤングと言う豪《えら》い人を怨まなくちゃいけないんだよ。……それからもう一人……この艦に乗っている俺たちの司令官《たいしょう》を怨みたきゃあ怨むがいいってんだ。……イヤ……事によると、その司令官だけを怨むのが本筋かも知れないがね……どっちにしてもお前さん達のいい人やそんな連中に頼まれた俺達を怨んじゃいけないよ。いいかい……と言う訳はこうなんだ。さっきヤングさんが司令官に、お前さん達をアメリカまで連れてっていいかって伺いを立ててみたら、アメリカの軍艦の中には食料品《たべもの》よりほかに肉類をいっさい置いちゃイケナイってえ規則になっているんだッてさ……だからね……折角ここまで来ているのをホントにお気の毒でしょうがないけど、ちょうど風も追い手のようだから、お前さん達はその袋のまんま、海を泳いで浦塩の方へ……」

ここまでその男がしゃべって来たらあとは聞えなくなっちゃったの。だって妾のまわりに転がっている十いくつの袋の中から千切れるような金切声が一どきに飛び出して、ドタンバタンとノタ打ちまわる音がし始めたんですもの。中には聞いたような声がいくつもあったようだけど、そんな時に誰が誰だかわかりゃしないわ。ただ耳が潰《つぶ》れるほどキーキーピーピー言うだけですもの。

　だけど私は黙っていたの。声を出すより先にどうかして袋を破いてやろうと思って一所懸命にもがいていたの。だけど袋が小さい上にトテモ丈夫に出来ているので嚙《か》みつこうにも嚙みつけないし、力一パイ足を踏ん張ると首の骨が折れそうになるし、その苦しさったらなかったわ。だけど、それでも生命がけの思いで、力のありったけ出してもがいているうちに、妾のまわりの叫び声が一ツ一ツに担ぎ上げられて、四ツか五ツずつ行列を立てながら階段を昇りはじめたの。その時にはチョットの間みんなの叫び声は止んだようだけど、その階段の音が聞えなくなるとまた、前よりもひどい泣き声や金切声がゴチャゴチャに聞え始めたの。めいめいに男の名を呼んでヒイヒイ泣いていたようよ。

　だけど妾はそれでも泣かなかったの。そうして死に物狂いになって、両手で頭をしっかりと抱えながら、足の処の結び目を何度も何度も蹴ったり踏んだりしていたら、身体中が汗みどろになって、髪毛が顔中に粘り付いて、眼も口も開けられなくなってしまったの。そのうちに中は湯気が一パイ詰まったように息苦しくなって来るし、髪毛は顔から二の腕まで絡まって、動くたんびにチクチク抜けて行くし、おまけに着物と毛布が胸の処でゴチャゴチャになって袋の中一パイにコダワリながら、お乳を上へ上へと押し上げるので、その苦しさったら……もう死ぬかもう死ぬかと思ったくらいよ。そうしてそのうちに……御覧なさい。この臂《ひじ》の処が両方ともこんなに肉が出てピカピカ光っているでしょう。この臂はヤングが「猫の臂《キャッツエルバウ》」って名をつけてニューヨーク婦人の臂くらべに出すって言っていたくらい柔らかくてスンナリしていたのが、知らないうちに擦り破れてしまって、動くたんびにヒリヒリと痛み出して来たんですもの。……それに気がつくと妾はもう、スッカリ力が抜けてしまって、意地にも張りにも動けなくなったようよ……両方の臂を抱えてグッタリとなったまま、呼吸《いき》ばかりゼイゼイ切らしていたようよ。

そのうちにまた、上の方から四、五人の足音が聞えて来ると、みんなの叫び声がまたピッタリとなっちゃったの。それに連れて降りて来る男たちの話声がよく聞えたのよ。器械の音とゴッチャになったまま……。

「アハハハハ。ひでえ眼に会っちゃったナ。あとでいくらかヤングに増してもらえ」

「ジックの野郎が余計な宣告をしゃべるもんだから見ろ……こんなに血が出て来た」

「ハハハハハ恐ろしいもんだナ。袋の中から耳朶《たぼ》を喰い切るなんて……」

「喰い切ったんじゃねえ。引き千切りかけやがったんだ。だしぬけに……」

「俺あ小便を引っかけられた。コレ……」

「ウワ――。ありゃあスチューワードが持ち込んだ肥《ふと》っちょの娘だろう。あいつの鞭《むち》で結えてあったから……」

「ウン。あのパン屋のソニーさんよ。おかげで高価《たけ》え銭を払ったルパシカが台なしだ。とても五ドルじゃ合わねえ」

「まあそうコボスなよ。女の小便なら縁起がよいかも知れねえ」

「嘘をつけ……ウラハラだあ……」

「ワハハハハハ」

……だってさあ……こんな事を言い合って暢気《のんき》そうに笑いながら、その男たちはまた四ツばかり叫び声を担ぎ上げたの。

「サア温柔《おとな》しく温柔しく。あばれると高い処から取り落しますよ。落ちたら眼の玉が飛び出しますよ」

「小便なんぞ引っかけないように願いますよだ。ハハハハハハ」

「ドッコイドッコイ……どうでえこの腹部《ポッポ》のヤワヤワふっくりとした事は……トテモ千金こてえられねえや」

「アイテテッ。そこは耳朶じゃねえったら……アチチ……コン畜生……」

「ハハハハ。そこへ脳天をぶっつけねえ。その方が早えや」

「アイテテ……またやりやがったな……畜生ッ……こうだぞ……」

って言ううちに……ギャーッて言う声が室中《へやじゅう》にビリビリするくらい響いて来たの。

その声を聞くと妾はまた夢中になってしまって、身体中にありたけの力を出しながら床の上を転がり始めたの。そうして出来るだけ電燈の光りの見えない方へ盲目探りに転がって行って、何かの影を探して隠れよう隠れようとしていたの。そうすると今度は男たちの靴の音が離れ離れになって、一人か二人ずつあとになったり先になったりしながら――次から次に担ぎ上げて行くうちに、とうとう室の中の叫び声が一ッも聞こえなくなってしまったのよ。ただ軍艦の動く響きと、微《かす》かな波の音ばっかり……人間のいるらしい音はまったくなくなってしまってね……。

その時に私はやっと、すこしばかり溜息をして気を落ちつけたようよ。妾の袋はキット何かの陰になって見えなくなっているのに違いないと思い思い、顔中にまつわっている髪毛を掻《か》き除《の》けながら、なおも、ジッと、耳を澄ましていたようよ。

そうすると、それから暫《しばら》く経って、もうみんな何処かへ行ってしまったと思う頃、今度はたった一人の重たい、釘《くぎ》だらけの靴の音が……ゴトーン、ゴトーンと階段を降りて来たの。そうして室のまん中に立ち止まってそこいらをジーイと見まわしながら突立っているようなの。

……その時の怖かったこと……今までの怖さの何層倍だったか知れないわ……妾の寿命はキットあの時に十年ぐらい縮まったに違いないわよ……。もう思いきり小さくなって、いつまでもいつまでも息を殺していると、そこいら中があんまり静かなのと気味がわるいのとで頭がキンキン痛み出して、胸がムカムカして吐きそうになって来たの。それを我慢しよう我慢しようともがいていたために身体じゅうがまた、冷汗でビッショリになってしまったの。

そうすると、もうどこかへ行ったのか知らんと思っていたその男が馬鹿みたいにノロノロした変テコな胴間《どうま》声で口を利き出したの。

「……どうしても一ツ足りねえと思うんだがナア……みんなは、おらが三人担いだというけんど、おらあ二遍しきゃあ階子段《はしごだん》を昇らねえんだがなあ……」

その声と言葉つきを聞いた時に妾はまた、髪毛が一本一本、馳け出したように思ったわ。歯の根がガクガク鳴り出して、手足がブルブル動き出すのを、どうする事も出来なかったわ……だってその声って言うのは、ずっと前に一度オブラーコの酒場《レストラン》へ遊びに来て、さんざっパラ水兵たちにオモチャにされて外に突き出された大きな嫌らしい黒ん坊の声だったんですもの。……その時にその黒ん坊が恨めしそうな、もの凄《すご》い眼つきで妾たちをふり返った顔を袋の中でハッキリと思い出したんですもの……怖いにも何にも妾は生きた空がなくなって、もうすこしで気絶しそうになったくらいよ。今にもゲーッと吐きそうになってね。そうするとその黒ん坊は、

「どうしてもないんだナア……おかしいナア……」

って言いながらマッチを擦って煙草を吸いつけ吸いつけ出て行きそうに歩き出したの。……そん時の嬉《うれ》しかったこと……妾は思わず手の甲に爪が喰《く》い入るほど力を籠《こ》めてイーコン様を拝んじゃったわ。

……だけどやっぱり駄目だったの……階段の方へノロノロと歩いて行っ

た黒ん坊は間もなく奇妙な声を立てながらバッタリと立ち止まったの。「イヨーッ。あんな処に隠れてら。フヘ、フヒ、フホ、フム……畜生畜生」と言うなりツカツカと近づいて来て、妾の袋へシッカリと抱きついちゃったの。それと一緒に黄臭い煙草のにおいと何とも言えない黒ん坊のアノ甘ったるい体臭《におい》とがムウーと袋の中へ流れ込んで来たようなの。

妾、その時に、どんな風に暴れまわったか、ちっとも記憶《おぼ》えていないのよ……ただ、ちっとも声を立てなかった事を記憶えているだけよ。誰か加勢に来たら大変と思ってね。……だけどその黒ん坊もウンともスンとも言わなかったようよ。おおかた一人で妾をどこかへ担いで行って、どうかしようと思ったのでしょう。暴れまわる妾を何遍も何遍も抱え上げかけては床の上に落したので、そのたんびに妾は気が遠くなりかけたようよ。だけど、それでも妾は声を立てなかったの。そうしてヤッサモッサやっているうちに、どうした拍子か袋の口が解けて、両足が腰の処までスッポンと外へ脱け出した事がわかったの……。

それに気がついた時に妾がどんなに勢よく暴れ出したか……アラまた……笑っちゃ嫌って言うのに……ソレどころじゃなかったわよ。ソン時の妾は……何でもいいから……足が折れても構わないからこの黒ん坊を蹴殺して、その間に袋から脱け出してやろうと思って、頭でも顔でもどこでも蹴って蹴って蹴飛ばしてやったわ。……ええ……黒ん坊も一所懸命だったようよ。袋の上からシッカリと組みついて来て、片っ方の手で妾の両足を押えようとするのだけれども、妾の両足を一緒に摑《つか》まえる事はなかなか出来ないし片っ方だけ捉《つか》まえても妾が死に物狂いで蹴飛ばしてやったもんだから、しまいにはゼイゼイ息を弾《はず》ませて、妾の足と摑み合い摑み合いしながらあっちへ転がり、こっちへ蹴飛ばされしていたようよ。……だけど、そのうちに妾の着物と毛布が両手と一緒にだんだん上の方へ来て、息が出来ないくらいせつなくなって来ると黒ん坊はとうとう妾の両足を捉まえて、足首の処を両手でギューと握り締めちゃったの。

そん時に妾は初めて、大きな声を振り絞ったわ。両手を顔に当てて力一

パイ反りかえりながら、

「助けて、助けて、助けて。ヤング、ヤング、ヤング、ヤング」

ってね。ええ……そりゃあ、大きな声だったわよ。咽喉《のど》が破れるくらい吶鳴《どな》ったんですもの。そうして両足を押えられたまま、起き上っては反りかえり反りかえりして固い床板の上に頭をブッつけ始めたの。死んだ方がいいと思ってね。

そうしたら黒ん坊もその勢いに驚いて諦《あき》らめる気になったんでしょう。

「……ウウウウ……そんなに死にてえのかナア……」

って喘《あえ》ぎ喘ぎ言いながら、私の両足を摑んで床の上をズルズルと片隅に引っぱって行くと思ったら、そこに置いてあったらしい細い針金で足首の処から先にグルグルグルグルと巻き立てて、胸の処まで袋ごしに締めつけてしまったの……。

その時の苦しさったら、そりゃあ、とてもお話ししたって解かりゃしないわよ。だって、チョットでも太い息をするか動くかすると、すぐに長い細い針金が刃物みたいに喰い込んで、そこいら中の肉が切れて落ちそうになるんですもの……それでいて、いくら喘いでも喘いでも喘ぎきれないくらい息がきれているんですもの……妾はそのまま直ぐに気が遠くなっちゃったくらいなの。だけど、またすぐに苦しまぎれに息を吹きかえすとまたもや火のついたように針金が喰い込むでしょう。地獄の責め苦ってほんとうにあの事よ。そうして息も絶え絶えにヒイヒイ言っているうちに今度は本当に気絶してしまったらしいの。

それから何分経ったか、何時間経ったのかわからないけど、また自然と息を吹き返した時には、妾はもう半分死んだようになっていたようよ。手や足の痛さがわからなくなってしまってね。……そうして眼だけを大きく見開いてどこかを凝視《みつ》めていたようよ。だからその時に聞いた話も夢みたいように切れぎれにしか記憶《おぼ》えていないの。

「……どうでえ。綺麗《きれい》な足じゃねえか」

「ウーム、黒人《ニガ》の野郎、こいつをせしめようなんて職過《しょく》ぎらあ」

「面が歪《ゆが》んだくれえ安いもんだ。ハハン」

「しかし、よっぽど手酷《ひど》く暴れたんだな。あの好色《すけべえ》野郎が、こんなにまで手古摺《てこず》ったところを見ると……」

「フフン、もったいなくもオブラーコのワーニャさんだかんな」

「ウーム。十九だってえのに惜しいもんだナア……コンナに暴れちゃっちゃあヤングだって隠しとく訳に行くめえが……」

「……シーッ……来やがった来やがった……」

って言ううちにまた一人、スパリスパリと煙草を吹かしながら、軽い気取った足取りで、階段を降りて来て、ゆっくりゆっくりと妾の傍に近づいた者がいるの……。

その足音を聞くと妾は気持ちが一ペンにシャンとなっちゃったわ。飛び上りたいくらい嬉しくなって……ヤング……って叫ぼうとしたのよ……。

だけど妾が起き上ろうとすると、手や足が、胸の処まで氷みたようになって動かなくなっていることがわかったの。それと一緒に、声がピッタリと咽喉につかえてしまって、名前を呼べるくらいならまだしも、声を立てる事すら出来なくなっているじゃないの。何だかそんな夢でも見ているように胸の処が固《こわ》ばってしまってね。もしかすると、あんまり怖い眼に会い続けたので気が変になっていたのかも知れないけど……。

そうするとヤングは長い大きな溜め息を一つしてから、静かな猫撫《ねこな》で声かと思うくらい優しい口調で、こんなお説教を妾にして聞かせたの。上品な露西亜語でね……。

「ワーニャさん。温柔《おとな》しくしていて頂戴《ちょうだい》……。私は貴女《あなた》が憎いからこんな事をするのじゃありません。よござんすか。よく気を落ち着けて聞いて頂戴……ね。私は貴女が可愛くて可愛くてたまらない余りに、コンナ事をするのです。私貴女が、あんまり綺麗《きれい》で可愛いから、亜米利加の貴婦人と同じようにして殺してみたくなったのです。ね、いつぞやお話して上げた恋愛ごっこの事をまだ記憶《おぼ》えていらっしゃるでしょう、ね、ね、わかったでしょう。……私は最早《もう》近いうちに日本と戦争をして戦死をするのです。ですからもう貴女以外の女の人と結婚する事は出来ないのです。貴女と一緒に天国に行くよりほかに楽しみはなくなったのです。ですから満足して、私の言う事をきいて頂戴。ね、ね、温柔しく私の言う通りになって死んで頂戴。ね、ね、わかったでしょう。ね、ね……」

そう言ううちにヤングは妾の足に巻かった針金を解き始めたの。そうして胸の上までユックリユックリ解《ほど》いてしまうと、

「サアサア。寒かったでしょうね」

って言いながら、また、もとの通りに袋をかぶせて口をシッカリ括《くく》ってしまったの。

ええ……妾はちっとも手向いなぞしなかったわ。死人のようにグッタリとなって、ヤングのする通りになっていたわよ。

その時のヤングの声の静かで悲しかったこと——ほんのちょっとの間だ

ったけど妾の胸にシミジミと融け込んで、妾に何もかも忘れさしてしまったのよ。……何だか甘い、なつかしい夢でも見ているような気持になってね……ネンネコ歌にあやされて眠って行く赤ん坊みたように涙がとめどなく出て来たもんだから、妾はとうとう声を出してオイオイ泣き出しちゃったの。

「……ヤング……ヤング……」

って言ってね……そうするとヤングは一々丁寧に返事をしいしい妾を袋に入れてしまってから、今一度妾の頭の処を袋の上から撫でてくれたわ。

「……ね……ね……わかったでしょう、ワーニャさん。温柔しくするんですよ。サアサア。もう泣かないで泣かないで。いいですか。ハイハイ。私がヤングですよ。いいですか。サ……泣かないで泣かないで」

そう言って妾をピッタリと泣き止まして終《しま》うと、静かに立ち上って、入って来た時と同じように気取った足音を立てながら、悠々と階段を昇ってどこかへ行ってしまったの。

だけど妾はやっぱり夢を見ているような気持ちになって、シャクリ上げシャクリ上げしながらグッタリとなっていたようよ。そうするとあとに残った三人の男たちは手ん手に妾の頭と、胴と、足を抱えて、上の方へ担ぎ上げながら黙りこくって階段を昇りはじめたの。そのゆっくりゆっくりした足音が静かな室中にゴトーンゴトーンと響くのを聞きながら、妾は何だか教会の入口を入って行くような気持ちになっていたようよ。

だけど第一の階段を昇ってしまうと間もなく、一番先に立って妾の足を抱えていた男が、変な声でヒョッコリと唸《うな》り出したの。そうして何を言うのかと思っていると、

「ウーム。ウメエもんだナア。ヤングの畜生。あの手で引っかけやがるんだナア。どこへ行っても……」

ってサモサモ感心したように言うの。そうすると私の腰を担いでいた男も真似をするように唸り出したの。

「ウーム。まるで催眠術だな。一ぺんで温順《おとな》しくしちまいやがった」

そうするとまた、妾の頭を担いでいた男が老人みたような咳《せき》をゴホンゴホンとしながら、こんな事を言ったの。

「十七人の娘の中で、ワーニャさんだけだんべ……天国へ行けるのはナア」

「アーメンか……ハハハハハ」

こんな事を言っているうちにまた二つばかりの階段を昇ると、ザーザーと言う波の音がして甲板へ出たらしく、袋の外から冷たい風がスースーと入って来て、擦り剝《む》けた臂《ひじ》の処が急にピリピリ痛み出したの。それと一緒に明るい太陽の光りが袋の目からキラキラとさし込んで来て眼が眩《くら》むくらいマブシクなったので、妾は両手で顔をシッカリと押えていたようよ。そうしたら足を抱えていた男が、

「サア……天国へ来た……」

「ウフフフフ。ワーニャさんハイチャイだ。ちっと、ハア寒かんべえけれど」

「ソレ。ワン……ツー……スリイッ……」

と言ううちに、私をゆすぶっていた六ツの手が一時に離れると、私はフワリと宙に浮いたようになったの。

その時に妾は何かしら大きな声を出したようよ。……やっと夢から醒《さ》めたようにドキンとしてね……だけど、そう思う間もなく妾の頭が、船の外側のどこかへぶつかると一しょにガーンとなってしまって、いつ海の中へ落ち込んだかわからなかったの……。

それからまた、妾が気がついて眼を開いたのは一分か二分ぐらい後のようにしか思えないのよ……何だか知らないけれど身体中に痺《しび》れが切れて、腰から下が痒《かゆ》くて痒くてしょうがないと思っているうちに、フイッと眼を開いてみたら、そこは忘れもしないこのレストランの地下室でね。いつぞや肺病で死んだニーナさんが寝かされていたその寝台の上に、湯タンポと襤褸《ぼろ》っ布片《きれ》で包まれながら、素《す》っ裸体《ぱだか》で放り出されているじゃないの。おまけに寝台の横でトロトロ燃えているペーチカの明りでよく見ると、妾の手や足は凍傷で赤ぶくれになっていて、針金の痕《あと》が蛇みたいにビクビクと這《は》いまわっている上から、黒茶色の油膏薬《あぶらぐすり》がベトベトダラダラ塗りまわしてあるじゃないの。その汚ならしくて気味の悪かったこと……妾何だかわからないままビックリして泣き出しちゃったくらいよ。

……だけど、それから間もなく料理番の支那人が持って来てくれた魚汁《ウハー》の美味《おい》しかったこと……その支那人のチーって言うのに聞いてみたら、その時は妾が死んでからちょうど二日目だったそうよ。……妾の袋は、ルスキー島から二海里ばかりの沖へ投げ込まれると間もなく、軍艦とすれちがったジャンクに拾われたので、その船頭の女房の介抱で息を吹き返したんですってさあ。十七番のナターシャさんも同じジャンクで拾われていたし、パン屋のソニーさんも鯨捕り船だったかに拾われて来たのを、白軍の巡邏《じゅんら》船《せん》が見つけ出して警察に引き渡したんですって。だけどみんな水をドッサリ飲んでいたんで駄目だったんですとさあ。そのほかの袋は十日ばかし経ってから、タッタ二個だけ外海の岸に流れついたそうよ。妾怖いから見に行かなかったけれど……ホントに可哀そうでしようがないの……。

妾……この話をするのはあんたが初めてよ。いいえ……誰も知らないの……みんな死んでいるから。

それからここではかなり評判になっているらしいのよ。……ええ……あんたが知らないのは無理もないわよ。あんたはまだここに来ていなかったんですからね。おまけに警察でもこの家でもまだ秘密にしているから、新聞にも何も書いてないそうよ。おおかた亜米利加を怖がっているのでしょう。あの軍艦がしたらしい事はみんな感づいているんですからね。

ええ……そりゃあ何遍も何遍も訊《き》かれたのよ。一体どうしてこんな眼に会わされたのかってね。妾が気がついてから後の一週間ばかりと言うもの、警察の人や、うちの主人や、そのほかにも役人らしいエラそうな人が何人も何人も毎日のように妾の枕元にやって来ちゃ、威《おど》したり、賺《すか》したりしながら、ずいぶんしつこく事情《わけ》を尋ねたのよ……おしまいには先方からいろんな事を話して聞かせてね……あのヤングって言う士官はトテモ悪い奴で、今年の夏に浦塩に着いた時に、軍艦の荷物が税関にかからないのをいい事にして阿片《あへん》をドッサリ浦塩に持ち込んで、方々に売りつけてお金を儲《もう》けた事がチャンとわかってるんだ……だけどもやり方がナカナカ上手でハッキリした証拠が上らないために、どうすることも出来ないでいたんだ。そうしたらヤングの畜生めスッカリ浦塩の警察を舐《な》めてしまったらしく、今度は配下《てした》の水兵にお金をやるかどうかして、めいめいの色女を十何人も軍艦に担ぎ込んで、上海かどこかの市場《ころしば》に売りに行こうとしやがった。けれども軍艦が沖へ出ると、それが上官に見つかるかどうかしたもんだから、一つ残らず海の中へ放り込ましてしまったのが、やっぱりあのヤングって奴なんだ。……しかもその中で生き残っているのはお前一人なんだからトテモ大切な証人なのだ。俺達はお前の仲間十何人の讐《かた》きを取ってやろうと思っているのだから、早く気をシッカリさして返事をしてくれなければ困る。御褒美の金はいくらでもやるから本当の事を言ってくれ……一体お前は何と言ってヤングに欺《だま》されたのか。どうして船の中に連れ込まれたのか。そうしてドンナ間違いから海の中に放り込まれるような事になったのか……ナンテいろんなトンチンカンな事を真剣になって訊くの……。

だけど妾どうしてもそれに返事する事が出来なかったのよ。……お前さんたちが言っているのはみんな嘘だ。ヤングはそんなに悪い人間じゃない。悪い奴はあの船の司令官一人だって言ってやろうと思っても、どうしてもその訳を話す事が出来なかったの。……何故って言うと、妾、正気にかえってからちょうど一週間ばかりと言うもの、口を利くのが怖くて怖くてしょうがなかったんですもの。どうしても、その時の恐ろしさが忘れられなくなって「ハイ」とか「イイエ」とかいう短かい返事をするのさえ怖くて怖くてたまらない気がしてね。それを無理に口を利こうとすると歯の根がガタガタ言い出して、すぐに吐きそうになって来るんですもの……仕方がないからまるで唖者みたようになって眼ばかりパチパチさせていたら、警察の人達もとうとう諦《あき》らめてしまって来なくなったようよ。

……だけども、そうして妾が一人ボッチになってからウトウトしようとすると、すぐにあの時の気持ちが夢になって見えて来て、寝床の中で汗ビッショリになりながら一所懸命にもがかせられるの。夢うつつに敷布を嚙《か》み破ったり、湯タンポを蹴《け》り落したりしてね。その恐ろしさったらなかったわよ。そうして、そんな夢のおしまいがけにはキットあのヤングの悲しい、静かな声が、どこからともなくハッキリと聞えて来て、妾をサメザメと泣き出させたの。眼が醒めてから後までも妾は、そんな言葉の意味を繰り返し繰り返し考えながら眼をまん丸く見開いて、いつまでも暗い天井を見つめていたわよ。

そのうちに十日ばかりも経つと凍傷《しもやけ》の方が思ったよりも軽くすんだし、針金の痕も切れぎれになってお化粧で隠れるくらいに薄れて来たの。それに連れて身体がもとの通りに元気づくし、口もどうにか利けるようになって来たので、寝ているわけにも行かなくなって思いきって舞踏場へ出て見たら、間もなくあんたが遊びに来たでしょう。

そりゃあ不思議と言えばホントに不思議でしょうがないのよ。妾はあんたに会ったのが神様の引き合せとしか思えないのよ。だって初めてあんたに会ったあの晩ね、あの晩から妾はピッタリとそんな怖い夢を見なくなったのよ。おまけに前と比べるとまるで生まれ変ったようにおしゃべりになってしまってね……そうしてそのうちに、あんたがたまらないほど、可愛くなって来るに連れて、あのヤングが言っていたいろんな言葉の本当の意味が一つ一つに新しく、シミジミとわかって来たように思うの。そうしてヤングから教わったいろんな遊びをあんたに教えて見たくてしょうがなくなって来たの。それも当り前の打ったり絞めたりする遊びなんかじゃ我慢出来ないの……ひと思いにあんたを殺すかどうかして終《しま》わなくちゃトテモやりきれないと思うくらい、あんたが可愛くて可愛くて、たまらなくなったのよ。

……妾、それをやっとの思いで今日まで我慢していたのよ。何故って万が一にも妾からそんな話をきり出したら、あんたがビックリして逃げ出すかも知れないと思ったからよ。……だけど、それがもう今夜になったらトテモ我慢がしきれなくなっちゃったのよ。

妾はきょうも、いつものように日暮れ前からこの室に入って、お掃除をすまして、ペーチカに火を入れたの。そうしてスッカリお化粧をすましてから、あんたを待ち待ち昨夜の飲み残しのお酒を飲んでいたら、そのうちに室の中が静かアに暗くなってね。向家《むこう》の屋根の雪の斑《まだら》と、その上にギラギラ光っている星だけがハッキリと見えるようになって来たじゃないの……妾もうスッカリあの晩と同じ気持ちになってしまってね……たまらなく息苦しくて息苦しくて……。アラ……睡《ねむ》っちゃ嫌よ。……睡らないで聞いて頂戴《ちょうだい》ってばさあ……まあ嫌だ。本当に酔っちゃったのね……人が一所懸命に話しているのに……。

……ね……わかったでしょう……あんたにもわかったでしょう……妾のそうした気持ちが……ね……妾、お酒に酔って言っているのじゃないのよ……いいこと……ね、ね。だから妾は今夜こそイヨイヨ本当にあんたを殺そうと思って、ワザワザこの短剣を買って来たのよ。英国出来の飛び切りって言うのをサア。ちょっと御覧なさいってば……このよく斬れること……妾の腕の毛がホラ……ヒイヤリとして……ね。ステキでしょう。いいこと。……この切っ尖《さき》であんたの心臓をヒイヤリと刺しとおして、その血のついた刃先を、すぐにズブズブと妾の心臓に突き刺して死んで終おうと思っているのよ……トテモ気持ちのいい心臓と心臓のキッスよ。ヤングが教えてくれた世界一の贅沢《ぜいたく》な……一生に一度っきりの……。

アラッ……妾今やっと思い出したわ。日本の言葉でこんな遊びの事をシンジュウって言うんでしょうね。ね。……サア。本気で返事して頂戴よ。睡らないでサア。サアってば。……いいわ。妾あんたが睡ってたって構わないから……そのまんま突き刺しちゃうから……いいこと……？　ねッ……死んでくれるでしょう。ね……いいこと……殺しても……嬉《うれ》しい……じゃ……お別れの乾杯よ……ね……そうして寝床へ行くのよ……サア……。

本書は、昭和五二年三月に小社より刊行した『瓶詰の地獄』を底本に再編集したものです。なお本文中には、キチガイ、乞食、人非人、支那人、黒ん坊、唖者など、今日の人権擁護の見地に照らして使うべきではない語句や、不適切な表現があります。しかしながら、作品全体を通じて差別を助長する意図はなく、執筆当時の時代背景や社会世相、また著者が故人であることを考慮の上、原文のままとしました。

（編集部）

100分間《ぶんかん》で楽《たの》しむ名作小説《めいさくしょうせつ》

瓶詰《びんづめ》の地獄《じごく》

夢《ゆめ》野《の》久作《きゅうさく》

令和6年 11月25日　初版発行

発行者●山下直久

発行●株式会社KADOKAWA
〒102-8177　東京都千代田区富士見2-13-3
電話　0570-002-301（ナビダイヤル）

角川文庫 24406

印刷所●株式会社暁印刷
製本所●本間製本株式会社

表紙画●和田三造

●お問い合わせ
https://www.kadokawa.co.jp/（「お問い合わせ」へお進みください）
※内容によっては、お答えできない場合があります。
※サポートは日本国内のみとさせていただきます。
※Japanese text only

Printed in Japan
ISBN 978-4-04-115253-9　C0193

◇◇◇

角川文庫発刊に際して

角　川　源　義

第二次世界大戦の敗北は、軍事力の敗北であった以上に、私たちの若い文化力の敗退であった。私たちの文化が戦争に対して如何に無力であり、単なるあだ花に過ぎなかったかを、私たちは身を以て体験し痛感した。西洋近代文化の摂取にとって、明治以後八十年の歳月は決して短かすぎたとは言えない。にもかかわらず、近代文化の伝統を確立し、自由な批判と柔軟な良識に富む文化層として自らを形成することに私たちは失敗して来た。そしてこれは、各層への文化の普及滲透を任務とする出版人の責任でもあった。

一九四五年以来、私たちは再び振出しに戻り、第一歩から踏み出すことを余儀なくされた。これは大きな不幸ではあるが、反面、これまでの混沌・未熟・歪曲の中にあった我が国の文化に秩序と確たる基礎を齎らすためには絶好の機会でもある。角川書店は、このような祖国の文化的危機にあたり、微力をも顧みず再建の礎石たるべき抱負と決意とをもって出発したが、ここに創立以来の念願を果すべく角川文庫を発刊する。これまで刊行されたあらゆる全集叢書文庫類の長所と短所とを検討し、古今東西の不朽の典籍を、良心的編集のもとに、廉価に、そして書架にふさわしい美本として、多くのひとびとに提供しようとする。しかし私たちは徒らに百科全書的な知識のジレッタントを作ることを目的とせず、あくまで祖国の文化に秩序と再建への道を示し、この文庫を角川書店の栄ある事業として、今後永久に継続発展せしめ、学芸と教養との殿堂として大成せんことを期したい。多くの読書子の愛情ある忠言と支持とによって、この希望と抱負とを完遂せしめられんことを願う。

一九四九年五月三日

角川文庫ベストセラー

ドグラ・マグラ（上）（下）　夢野久作昭和十年一月、書き下ろし自費出版。狂人の書いた推理小説という異常な状況設定の中に著者の思想、知識を集大成し、〝日本一幻魔怪奇の本格探偵小説〟とうたわれた、歴史的一大奇書。

少女地獄　夢野久作可憐な少女姫草ユリ子は、すべての人間に好意を抱かせる天才的な看護婦だった。その秘密は、虚言癖にあった。ウソを支えるためにまたウソをつく。夢幻の世界に生きた少女の果ては……。

犬神博士　夢野久作おかっぱ頭の少女チイは、じつは男の子。大道芸人の両親と各地を踊ってまわるうちに、大人たちのインチキを見破り、炭田の利権をめぐる抗争でも大活躍。体制の支配に抵抗する民衆のエネルギーを熱く描く。

瓶詰の地獄　夢野久作海難事故により遭難し、南国の小島に流れ着いた可愛らしい二人の兄妹。彼らがどれほど恐ろしい地獄で生きねばならなかったのか。読者を幻魔境へと誘い込む、夢野ワールド7編。

押絵の奇蹟　夢野久作明治30年代、美貌のピアニスト・井ノ口トシ子が演奏中倒れる。死を悟った彼女が綴る手紙には出生の秘密が……（「押絵の奇蹟」）。江戸川乱歩に激賞された表題作の他「氷の涯」「あやかしの鼓」を収録。

角川文庫ベストセラー

空を飛ぶパラソル　夢野久作

新聞記者である私は、美貌の女性が機関車に轢かれる様を間近に目撃する。思わず轢死体の身元を検めると、衝撃の事実が続々と明らかになって……読者を魅了してやまない、文壇の異端児による絶品短編集。

人間腸詰　夢野久作

時は明治、アメリカのセントルイスで大博覧会が開催された。大工として渡米した治吉は、魅惑の中国人女性に誘われるがまま、夜の街に繰り出す。妖しげな地下室で眼にしたのは、言語を絶する光景だった。

人間レコード　夢野久作怪奇暗黒傑作選　夢野久作

下関に到着した連絡船から、みすぼらしい老人が降り立った。ハハハ。イヨイヨ人間レコードを使いおったわい——。老人には驚天動地の人体実験が施されていた。美しく、妖しく、甘やかな短編の数々。

羅生門・鼻・芋粥　芥川龍之介

荒廃した平安京の羅生門で、死人の髪の毛を抜く老婆の姿に、下人は自分の生き延びる道を見つける。表題作「羅生門」をはじめ、初期の作品を中心に計18編。芥川文学の原点を示す、繊細で濃密な短編集。

蜘蛛の糸・地獄変　芥川龍之介

地獄の池で見つけた一筋の光はお釈迦様が垂らした蜘蛛の糸だった。絵師は愛娘を犠牲にして芸術の完成を追求する。両表題作の他、「奉教人の死」「邪宗門」など、意欲溢れる大正7年の作品計8編を収録する。

角川文庫ベストセラー

河童・戯作三昧　芥川龍之介

芥川が自ら命を絶った年に発表され、痛烈な自虐と人間社会への風刺である「河童」、江戸の戯作者に自己を投影した「戯作三昧」の表題作他、「或日の大石内蔵之助」「開化の殺人」など著名作品計10編を収録。

杜子春　芥川龍之介

人間らしさを問う「杜子春」、梅毒に冒された15歳の南京の娼婦を描く「南京の基督」、姉妹と従兄の三角関係を叙情とともに描く「秋」他「黒衣聖母」「或敵打の話」などの作品計17編を収録。

トロッコ・一塊の土　芥川龍之介

写実の奥を描いたと激賞される「トロッコ」、一つの事件に対する認識の違い、真実の危うさを冷徹な眼差しで綴った「報恩記」、農民小説「一塊の土」ほか芥川文学の転機と言われる中期の名作21篇を収録。

或阿呆の一生・侏儒の言葉　芥川龍之介

時代を先取りした「見えすぎる目」がもたらした悲劇。自らの末期を意識した凄絶な心象が描かれた遺稿「歯車」「或阿呆の一生」、最後の評論「西方の人」、箴言集「侏儒の言葉」ほか最晩年の作品を収録。

白痴・二流の人　坂口安吾

敗戦間近。かの耐乏生活下、独身の映画監督と白痴女の奇妙な交際を描き反響をよんだ「白痴」。優れた知略を備えながら二流の武将に甘んじた黒田如水の悲劇を描く「二流の人」等、代表的作品集。

角川文庫ベストセラー

かっぽん屋　重松　清

汗臭い高校生のほろ苦い青春を描きながら、えもいわれぬエロスがさわやかに立ち上る表題作ほか、摩訶不思議な奇天烈世界作品群を加えた、著者初のオリジナル文庫！

疾走（上）（下）　重松　清

孤独、祈り、暴力、セックス、殺人。誰か一緒に生きてください——。人とつながりたいと、ただそれだけを胸に煉獄の道のりを懸命に走りつづけた十五歳の少年のあまりにも苛烈な運命と軌跡。衝撃的な黙示録。

哀愁的東京　重松　清

破滅を目前にした起業家、人気のピークを過ぎたアイドル歌手、生の実感をなくしたエリート社員……東京を舞台に「今日」の哀しさから始まる「明日」の光を描く連作長編。

うちのパパが言うことには　重松　清

かつては1970年代型少年であり、40歳を迎えて2000年代型おじさんになった著者。鉄腕アトムや万博に心動かされた少年時代の思い出や、現代の問題を通して、家族や友、街、絆を綴ったエッセイ集。

みぞれ　重松　清

思春期の悩みを抱える十代。社会に出てはじめての挫折を味わう二十代。仕事や家族の悩みも複雑になってくる三十代。そして、生きる苦みを味わう四十代——。人生折々の機微を描いた短編小説集。

角川文庫ベストセラー

きまぐれロボット　星　新一

お金持ちのエヌ氏は、博士が自慢するロボットを買い入れた。オールマイティだが、時々あばれたり逃げたりする。ひどいロボットを買わされたと怒ったエヌ氏は、博士に文句を言ったが……。

ちぐはぐな部品　星　新一

脳を残して全て人工の身体となったムント氏。ある日、外に出ると、そこは動くものが何ひとつない世界だった（「凍った時間」）。SFからミステリ、時代物まで、バラエティ豊かなショートショート集。

きまぐれ博物誌　星　新一

新鮮なアイディアを得るには？　プロットの技術を身に付けるコツとは——。「SFの短編の書き方」を始め、ショート・ショートの神様・星新一の発想法が垣間見える名エッセイ集が待望の復刊。

宇宙の声　星　新一

あこがれの宇宙基地に連れてこられたミノルとハルコ。〝電波幽霊〟の正体をつきとめるため、キダ隊員とロボットのプーボと訪れるのは不思議議な惑星の数々。広い宇宙の大冒険。傑作SFジュブナイル作品！

地球から来た男　星　新一

おれは産業スパイとして研究所にもぐりこんだものの、捕らえられる。相手は秘密を守るために独断で処罰するという。それはテレポーテーション装置を使った地球外への追放だった。傑作ショートショート集！

角川文庫ベストセラー

おかしな先祖　星　新一

にぎやかな街のなかに突然、男と女が出現した。しかも裸で。ただ腰のあたりだけを葉っぱでおおっていた。アダムとイブと名のる二人は大マジメ。テレビ局が二人に目をつけ、学者がいろんな説をとなえて……。

ごたごた気流　星　新一

青年の部屋には美女が、女子大生の部屋には死んだ父親が出現した。やがてみんながみんな、自分の夢をつれ歩きだし、世界は夢であふれかえった。その結果……皮肉でユーモラスな11の短編。

竹取物語　星　新一＝訳

絶世の美女に成長したかぐや姫と、5人のやんごとない男たち。日本最古のみごとな求愛ドラマを名手がいきいきと現代語訳。男女の恋の駆け引き、月世界への夢と憧れなど、人類普遍のテーマが現代によみがえる。

城のなかの人　星　新一

世間と隔絶され、美と絢爛のうちに育った秀頼にとって、大坂城の中だけが現実だった。徳川との抗争が激化するにつれ、秀頼は城の外にある悪徳というものの存在に気づく。表題作他5篇の歴史・時代小説を収録。

きまぐれエトセトラ　星　新一

何かに興味を持つと徹底的に調べつくさないと気がすまないのが、著者の悪いクセ。UFOからコレステロールの謎まで、好奇心のおもむくところ、調べつくす〝新発見〟に満ちた快エッセイ集。